열다섯,
비밀의
온도

열다섯,
비밀의
온도

이 진 미
장 편 소 설

초록
서재

차례

프롤로그

나는 꿈꾼다.
모두가 행복해지는 세상을.

사람들은 내게 말했다.
그런 세상은 있을 수 없어.
불가능한 꿈을 꾸다니 참 어리석구나.

나는 믿었다.
언젠가는 이룰 수 있는 꿈이라고.
나의 행복을 곁에 있는 사람에게 전할 수만 있다면.

엄마,
역시 사람들이 옳고,
내가 틀린 걸까요?

01
심예슬

"교실 꼴이 이게 뭐니?"

수학쌤이 눈살을 찌푸렸다.

"너희 담임 선생님께서 한 달 동안 병가 내신 건 알지? 내일 임시 담임 선생님이 새로 오실 텐데, 이게 교실이냐 돼지우리냐? 청소 좀 해라, 2반."

수학쌤은 사물함까지 하나씩 열어 보며 잔소리를 끝도 없이 늘어놓았다. 아, 종례나 얼른 끝내 주지, 정말 짜증 제대로다. 수학쌤은 빈 사물함 안에서 먼지가 잔뜩 쌓인 체육복 윗도리를 꺼내며 코를 감싸 쥐었다.

"어휴, 냄새! 내가 못 살아! 이거 누구 거니?"

아무도 나서는 애가 없자, 수학쌤은 체육복을 이리저리 뒤집어 보더니 이름을 발견하고는 큰 소리로 외쳤다.

"이재욱! 넌 체육복도 제대로 못 챙기니? 사물함 안에서 썩고 있잖아!"

이재욱이 머쓱한 얼굴로 일어나 체육복을 받으러 가자, 수학쌤은 혀를 끌끌 차면서 이재욱의 머리를 쥐어박는 시늉을 했다.

"으이구, 정말. 옛날 같으면 그냥 한 대 콱!"

이재욱은 자라처럼 머리를 쑥 집어넣은 채로 체육복을 받아 들었다. 먼지를 뒤집어쓴 그 체육복은 이재욱 것이 맞겠지만, 체육복도 제대로 못 챙긴 애는 백퍼 따로 있을 거다. 누가 만만한 이재욱한테 빌려 입고 다니다가 돌려주지 않고 대충 아무 사물함에나 처넣었겠지.

중학교는 정글이다. 과학 시간에 배운 약육강식, 뜻이 뭐였더라? 센 놈 마음대로 다 해 먹는다는 그런 의미였던 것 같은데. 암튼 중학교는 딱 그 방식대로 굴러간다.

학기 초에 조금이라도 약한 구석을 보였다가는 피라미드 맨 밑바닥에 깔려 일 년 내내 반 애들의 셔틀 노릇을 해야 한다. 교과서, 체육복, 푼돈부터 때로는 값비싼 등골 패딩까지 온갖 물건 빌려주기는 기본이다. 그들은 어깨동무를 하며 다정하게 말한다.

"야, 나 이거 한 번만 빌려줘라. 우리 친구잖아."

친구는 무슨 얼어 죽을. 빌린 물건은 다시 돌아오지 않는다.

아, 물론 예외가 있기는 하다. 방금 수학쌤의 꾸지람과 '1+1'로 묶여 주인을 찾아간 체육복처럼 말이다.

급식 시간에 아무리 빨리 뛰어가 줄을 서도, 천천히 장난치며 온 애들이 아무렇지 않게 내 앞에 서 버린다. 나 따위는 눈에 보이지도 않는다는 듯이. 쌤들도 그런 애들은 대충 못 본 척 지나간다. 걔들이 눈깔 뒤집고 달려들면 체벌이 금지된 마당에 쌤들도 어쩔 방법이 없는 게 사실이다. 똥이 더러워서 피하나 무서워서 피하지, 이러면서 눈 감고 마는 거다.

진짜 센 애들은 아예 쌤까지 자기편으로 만들어 버린다. 엄청 예의 바른 척, 착한 척, 모범생인 척하면서 쌤의 신뢰까지 얻어 버리면 교실은 그야말로 걔들의 왕국이 된다. 한번 맨 밑바닥에 깔리면, 다시 태어나지 않는 한은 따 신세에서 벗어날 방법이 없다. 그러니 단 한순간이라도 한눈을 팔면 안 되는 거다.

나는 따가 되지 않는 방법을 스스로 터득했다. 내 마음이 돌아온 이재욱 체육복처럼 너덜너덜해지고 난 뒤였지만 말이다. 공부를 뛰어나게 잘한다면 이 모든 골치 아픈 일에서 열외가 될 수 있다. 그러나 그런 행운을 거머쥔 애들은 전교에서 다섯 손가락 안에 드는 데다, 뭐, 걔들도 나름 힘든 점이 있을 테니까, 패스.

염하은 같은 애는 따가 될 걱정 따위는 평생 해 본 적 없을 거다. 하은이는 일단 외모가 넘사벽이다. 게다가 얼마 전까지는 데뷔를 준비하던 아이돌 연습생이었다. 작년에 말로만 듣던 '길거리 캐스팅'으로 기획사에 들어갔다고 학교에 소문이 자자했다.

아쉽게도 지금은 기획사를 나왔다. 하은이 엄마가 공부할 시간을 빼앗긴다며 반대했다고 한다. 어른들은 하여간 공부가 최고인 줄 안다니까. 나 같으면 어떡해서든 계속하겠다고 우겼을 텐데, 하은이는 보기보다 엄마 말을 잘 듣는 스타일인지 바로 그만둬 버렸다. 내가 더 아쉬워하자 하은이는 특유의 무심한 말투로 "어쩔 수 없지. 엄마 말대로 나중에 커서 해도 충분하니까." 라고 쿨하게 대답하고는 그만이었다.

하지만 염하은이 아니라 나처럼 외모도 평범하고 공부도 못하는 애라면? 정답! 언제 어디서나 따가 될 수 있다!

내가 터득한 비결은 두 가지다. 첫 번째는 센 척이다. 아무리 중학교가 약육강식으로 굴러간다 해도 실제로 주먹질까지 하며 싸우는 일이 자주 있는 건 아니다. 여자애들의 경우는 특히 더 그렇다. 그래서 '센 척'에서 중요한 건 힘이나 싸움 기술이 아니라 '깡'이다.

'난 무서울 게 없어. 건드리기만 해 봐. 가만 안 둘 거야!'라고 온몸으로 보여 주는 거다. 이때 가장 필요한 건 눈에서 레이저를 쏘는 기술이다. 눈으로 맞붙었을 때 먼저 눈길을 피하면 절대로 안 된다. 상대가 누구든 끝까지 쏘아보아야 한다. 거기에 커다란 목청으로 차진 욕까지 더해 주면 그걸로 게임 끝이다. 아무도 나를 만만히 보지 못하게 된다.

하지만 센 척만으로 완전히 안심할 수는 없다. 바로 그때 두 번째 비결이 필요하다. 과학 시간에 물에 가라앉은 잠수함을 다시 떠오르게 하는 영상을 본 적이 있다. 잠수함 옆에 달린 공기통에 물이 가득 차 있으면 잠수함은 가라앉는다. 잠수함이 물속에 가라앉았을 때는 당연히 공기통 속에 들어 있는 물을 뺄 수 없다. 그러나 호스를 이용해 통 안에 공기를 주입하면 공기가 물을 밀어내면서 잠수함이 다시 떠오른다. 즉, 공기통은 물이든 공기든 무엇으로 가득 차 있어야지, 비어 있으면 안 되는 것이다.

왕따 자리도 마찬가지다. 그 자리가 비어 있으면 언제 내가 그 자리로 떠밀릴지 모른다는 긴장감과 불안감이 모두를 지치게 한다. 왕따 자리는 반드시 누군가로 채워져 있어야 하며, 내가 그 주인공이 되고 싶지 않다면 선택할 수 있는 방법은 한 가지뿐이다. 따가 될 애를 적극적으로 찾는 것이다.

눈치 없는 애, 순진한 애, 약삭빠른 애, 자랑하기 좋아하는 애, 소심한 애, 나대는 애…. 누구라도 상관없다. 먹잇감을 노리는 맹수처럼 말없이 지켜보다 그 애가 자칫 긴장의 끈을 놓고 실수하는 순간을 놓치지 않고 터뜨려 주면 그만이다. 그다음부터는 따가 되고 싶지 않은 애들이 알아서 호응해 줄 테니 말이다.

이 모든 방법을 터득하자, 더는 두려워할 필요가 없어졌다. 신기중학교로 전학 온 날부터, 나는 반에서 가장 목소리 크고 잘나가는 애가 되었다. 애들은 내 주변을 서성이며 눈치를 살피고,

내 맘에 들기 위해 애쓴다. 쌤들도 내 눈치를 본다. 나한테 싫은 소리를 했다간 그 대가로 수업 시간을 엉망진창으로 만들어 주기 때문이다. 쌤들은 다른 애들이 졸면 곧잘 지적하지만 내가 엎드려 자면 못 본 척해 버린다.

나는 학교에서 무서울 것도 없고, 눈치 볼 사람도 없다. 내가 어떤 애를 찍어서 놀리고 장난치면 다른 애들도 모두 나를 따라 하며 웃는다. 심지어 놀림감이 된 애마저 웃어넘긴다. 더 큰 보복이 올까 두려워서 웃고 싶지 않아도 웃는 것일 테지만 말이다. 내 주위에는 나랑 같이 놀고, 떠들고, 급식 먹고 싶어 하는 애들이 널리고 널렸다. 나는 모든 걸 가졌다. 딱 하나만 빼고.

그건 바로, 친구다.

02
염하은

학교생활은 따분하기 짝이 없다. 너무 지루하고 싫증 나서 하품이 나올 지경이다. 내가 매일 지루해한다는 걸 애들이 알면 아마 깜짝 놀랄 거다. 왜냐면 나는 반에서, 아니 우리 학교 전체에서 인기 최고인 애니까. 내 주변엔 나랑 말 한마디 해 보고 싶어 안달 난 애들이 널리고 널렸다. 내 별명이 '신기중 여신'이라나 뭐라나.

가만 보면 다들 나처럼 심심해 미칠 지경인지, 어떻게 해서든 놀거리를 찾으려고들 애쓴다. 뭐, 그 덕에 나도 한 번씩 웃게 되지만 말이다.

"오늘 급식 제육볶음이래!"

어떤 애가 외치자마자, 예슬이가 소시지빵을 먹고 있는 이재욱을 향해 소리를 질렀다.

"야, 이제육! 오늘 급식 메뉴 너래!"

역시 심예슬이다. 재미있는 장난은 늘 예슬이가 시작한다. 그럼 여기저기에서 호응하는 애들이 있다.

"그럼 우리 오늘 이제육을 먹는 거야? 꺅, 더러워! 나는 안 먹을래!"

"나도, 나도!"

애들이 슬슬 모여들었다.

"너 씻지도 않았지?"

"진짜 돼지도 이 새끼보다는 깨끗할걸?"

"제육볶음, 너 설마 반찬 양 모자랄까 봐 졸라 처먹는 거냐? 살찌우려고?"

"이 새끼 진짠가 봐, 크크크."

애들이 그렇게 놀리는데도 이재욱은 단춧구멍 같은 눈만 끔뻑거리면서 남은 빵을 꿋꿋하게 입에 넣었다. 진짜 대단한 식탐이다. 그 모습을 보고 있자니 목에서 신물이 올라왔다.

"야, 이 제육볶음아! 그만 좀 처먹으라고."

예슬이가 등짝 스매싱을 날렸다. 그러자 이재욱의 입에서 침 섞인 빵 조각이 튀어나왔다.

"으아아악! 더러워!"

"꺄! 내 손에 묻었어! 어떡해! 내 손 썩잖아!"

우리는 괴성을 지르면서 깔깔댔다. 한창 재미있는 중이었는데 교실 앞문이 세차게 열렸다. 유행 따위는 아랑곳하지 않는 검정 투피스에 촌스러운 화장, 검은 머리카락을 하나로 질끈 묶은 쌤이 활짝 웃는 얼굴로 성큼 들어왔다.

"안녕? 2학년 2반! 만나서 반가워."

교실은 찬물을 끼얹은 것처럼 조용해졌다. 애들은 슬금슬금 눈치를 보며 제자리를 찾아갔다. '누구야?' 내가 눈짓으로 묻자, 예슬이가 어깨를 으쓱했다.

"아, 존댓말을 해야 하는 건가? 사실은 내가 오늘 처음 교단에 서는 거여서 모르는 게 많아. 너희가 좀 이해해 줘. 아, 너무 긴장된다. 하하하."

아무도 따라 웃지 않자, 쌤은 머리를 긁적이다가 생각난 듯 칠판에 큰 글씨로 적었다.

조. 민. 정.

"담임 선생님이 병가를 내신 건 알지? 앞으로 한 달 동안 내가 너희와 함께 지낼 거야. 비록 한 달짜리 담임이지만 너희에게 정말 좋은 쌤이 되기 위해 노력할게. 잘 부탁해."

반장 김강민이 벌떡 일어나더니 외쳤다.

"차려!"

"아, 아니. 차려, 경례는 일제의 잔재라서. 역시 인사는 자연스럽게 하는 게 좋겠어."

조민정 쌤이 정색을 하며 두 손을 내저었다. 아무래도 좀 특이한 쌤 같았다. 김강민이 엉거주춤 다시 자리에 앉았다. 입술을 앙다문 걸 보니 아니꼬운 모양이었다.

"그럼 이름을 한번 불러 볼까?"

조민정 쌤은 출석부를 펼쳐 한 명씩 이름을 불렀다. 한 명씩 눈을 맞추며 환하게 웃었다. 딱 보니 피곤한 스타일이다. 이런 부류의 쌤들은 교실에 자주 들락거리고, 무엇보다도 종례를 오래 한다.

"서일교!"

슬쩍 뒤를 곁눈질했다. 서일교는 역시나 그 자리다. 창가 맨 뒷자리. 쌤이 자기 이름을 부르거나 말거나 아랑곳하지 않고 책상에 엎드려 있다.

2학년이 된 첫날. 지금처럼 빡빡머리를 한 서일교가 교실에 들어왔을 때, 창가 맨 뒷자리는 복학생 언니가 차지하고 있었다. 팔뚝에 장미 타투를 하고 늘 껌을 딱딱 소리 나게 씹으며 3학년 오빠들이랑 어울려 다니는 언니였다. 자기 얼굴만 한 손거울을 들여다보며 눈을 깜빡이고 있던 언니에게 서일교가 다가가 책상 위에 가방을 탁 던졌다.

"이게 뭐…."

퍽!

첫마디가 채 끝나기도 전에 서일교의 주먹이 거울을 향해 날아갔다. 유리 파편이 사방으로 튀고 박살 난 거울이 바닥에 떨어졌다. 서일교의 손에서 시뻘건 피가 뚝뚝 떨어졌다. 언니는 완전히 기가 질린 얼굴로 자리에서 일어나 뒷걸음질을 쳤다.

"미, 미⋯친 새끼."

그대로 교실을 뛰쳐나간 언니가 3학년에서 제일 세다고 소문난 오빠들을 전부 모아서 하교 시간에 교문 앞에 진을 치고 서일교를 기다렸다고 한다. 17 대 1이었다나 뭐라나. 물론 소문이라는 게 다 진실은 아니다. 그쯤은 나도 안다. 하지만 확실한 사실은, 그 이튿날부터 복학생 언니가 학교에서 자취를 감추었다는 거다.

그 뒤로 담임이 자리 배치를 어떻게 하든 상관없이 서일교는 쭉 그 자리에 앉았다. 우리 반 누구도 서일교에게 가서 "여기 내 자린데, 좀 비켜 줄래?"라고 하지 않는다. 서일교는 그런 애다.

그리고 또 하나, 바로 신기중 여신인 나 염하은이 찍은 남자이기도 하다. 서일교는 조금만 잘해 줘도 좋아서 어쩔 줄 모르고 꼬리를 흔들어 대는 남자애들하고는 달라도 한참 다르다. 하지만 자신 있다. 나 염하은이 찍어서 넘어오지 않은 남자는 여태 한 명도 없었으니까.

"일교 어디 있니? 아, 거기 맨 뒤!"

모두의 시선이 서일교에게 쏠렸다. 서일교가 엎드려 잘 때 깨우는 건 잠자는 사자의 코털을 건드리는 것과 같다. 그동안 당한 쌤이 한둘이 아니다. 반 애들은 흥미진진한 무대를 구경하러 온 관객들처럼 서일교에게 다가가는 조민정 쌤을 지켜보았다.

"일교야, 쌤 처음 왔는데 얼굴은 좀 보여 줘야지?"

서일교가 천천히 고개를 들었다. 저승에서 온 사신 같은 포스로, "에이 씨…ㅂ" 하는 순간 조민정 쌤이 배를 움켜쥐고 깔깔 웃었다.

"으하하하하! 너, 너… 이마에 도장!"

서일교는 물론, 손에 땀을 쥐고 지켜보던 관객들까지 모두 어안이 벙벙해졌다.

"나도 임용 고사 공부할 때 독서실에서 엎드려 자다가 맨날 이마에 도장 찍었는데, 크크. 너 나랑 너무 똑같다?"

서일교가 맞받아칠 틈도 없이 조민정 쌤은 다음 출석을 부르기 시작했다.

"이재욱!"

서일교는 오만상을 찌푸리더니 다시 엎드려 버렸다. 나는 헛웃음이 나왔다. 뭐야, 저 쌤 진짜 또라이네.

"한호연!"

"안 왔어요."

"아, 그래? 호연이 왜 결석했는지 아는 사람?"

대답이 없자 조민정 쌤은 출석부로 눈길을 돌렸다.

"엥? 이게 뭐야? 한호연이 지금 2주째 결석 중이잖아? 말로만 듣던 장기 결석생이라니! 도대체 무슨 일이지?"

조민정 쌤은 당황해서 어쩔 줄 몰랐다. 생각이 그대로 말로 튀어나오고 감정은 얼굴에 고스란히 드러나는 유형인가 보다. 여러모로 내가 딱 싫어하는 스타일이다.

"호연이 연락처 아는 사람 없니? 정말 없어? 같은 반 친구인데 아무도 몰라?"

띠리리 띠리리.

다행히 우릴 구해 주는 종소리가 울렸다. 1교시 시작종 소리가 이렇게 반갑게 느껴지기는 처음이었다. 앞으로 한 달 동안 몹시 성가실 듯한 예감이 들었다.

"그럼 이따 만나. 수업 열심히 듣고!"

조민정 쌤은 출석부를 챙겨 총총걸음으로 교실을 나갔다.

"잔소리 열라 많게 생겼네."

예슬이가 툴툴거렸다. 나랑 같은 생각을 했나 보다. 다른 애들도 비슷했는지 여기저기에서 새로 온 담임을 두고 와글와글 떠들어 댔다.

그때 김강민이 잰걸음으로 교실 뒷문을 나가는 모습이 보였다. 창문으로 슬쩍 복도 쪽을 내다보았다. 역시나 조민정 쌤 뒤를 졸졸 따라가고 있었다. 왠지 찜찜했다. 나는 김강민이 쌤과 이야기하는 뒷모습을 노려보다가 쿠션을 깔고 엎드려 버렸다.

'호야….'

마음속에서 파도가 출렁였다. 생각해 보니 어제 점심시간에 후식으로 나온 요구르트 하나를 먹은 뒤로 아무것도 먹지 않았다. 가슴이 텅 빈 느낌은 아마도 그래서일 거다. 나는 공기로 배를 가득 채울 것처럼 숨을 크게 들이마셨다.

03
김강민

나는 신기중학교 2학년 2반 반장이다. 반장이 되기로 결심한 순간부터, 나는 좋은 반장이란 무엇일까 고민했다.

가장 하수는 있으나 마나 한 반장이다. 반장이 반장 역할을 전혀 하지 못하고, 반의 여느 아이들과 다를 바 없다면 반장이라는 자리가 대체 왜 필요할까?

그다음 단계는 아이들을 통솔한답시고 앞에 나서서 시끄럽게 구는 반장이다. 뭔가 역할을 하긴 하니까 있으나 마나 한 반장보다는 낫다고 볼 수 있지만, 결코 좋은 반장이라고 할 수는 없다.

최고의 반장은 보이지 않는 손을 가졌다. 평소에는 있는 듯 없는 듯 조용하지만, 반을 움직이는 거대한 손을 감추고 있다가 결정적인 순간에 적절히 쓸 줄 알아야 한다. 물론 그러기 위해서는 끊임없는 노력이 필요하다. 평온하고 우아한 자태를 유지하기 위해 물 밑에서 죽어라 물장구질을 하는 백조처럼 말이다.

반장 역할을 잘 해내려면 인내심과 관찰력도 중요하지만, 무엇보다 문제의 씨앗을 발견해 내는 '감'이 있어야 한다. 2학년이 된 첫날, 나는 한눈에 알아보았다. 앞으로 우리 반에서 가장 문제를 일으킬 아이가 누구인지를. 그리고 바로 다음 날 터진 사건에서 역시 내 감이 틀리지 않았음을 확인했다. 그대로 두었다가는 머지않아 그 아이가 우리 반은 물론 학교 전체에 엄청난 회오리를 몰고 오리라고 확신했다.

그 순간 나는 결심했다. 반장이 되기로. 그 아이가 퍼뜨린 씨앗이 엄청난 토네이도가 되어 온 학교를 휩쓸어 버리기 전에 내가 나서야겠다고 생각한 것이다. 왜 하필 나여야 하느냐고? 보통 사람들에겐 순진한 얼굴 뒤에 숨은 악의 정체를 꿰뚫어 볼 수 있는 눈이 없기 때문이다. 그렇지만 나는 다르다. 지난 시절의 불운이 비록 내게 깊은 생채기를 남기긴 했지만, 덕분에 확실히 얻은 것도 있다. 친절함으로 눈속임을 하려 들면 남들은 다 속을지 몰라도 나에겐 어림없다.

일은 내 계획대로 착착 진행되고 있다.

물론 그렇다고 마음을 놓아서는 안 된다. 잠시만 한눈을 팔아도 여기저기에서 새로운 문제의 씨앗이 싹을 틔울 수 있으니 말이다. 담임 선생님 또한 예외는 아니다. 학급 분위기는 아이들끼리 만드는 것이 아니다. 그러니 반장은 반 아이들뿐 아니라 담임 선생님까지 신경 써서 관리해야 한다.

오늘 임시 담임 선생님이 새로 왔다. 우리 학교에 처음 왔으니 모르는 게 아주 많을 거다. 우리 반에 관해 최대한 많은 정보를 주는 게 반장으로서 내가 할 역할일 테다. 물론 담임 선생님에 관한 정보도 최대한 많이 수집할 필요가 있고 말이다.

나는 조회를 마치고 나가는 선생님 뒤를 따라갔다. 콧노래를 흥얼거리며 씩씩하게 교무실로 향하는 발걸음이 잘해 보겠다는 의욕으로 가득 차 있었다. '감'이 신호를 보내왔다. 역시 좀 더 지켜볼 필요가 있겠다는 생각이 들었다. 나는 슬그머니 교무실로 따라 들어가 분필통을 만지작거렸다. 누가 물으면 교실에 분필이 다 떨어져서 가지러 왔다고 하면 그만이다.

"조 선생님, 2반 아이들 어때요?"

학년 부장인 수학 선생님이다. 남의 일에 끼어드는 게 취미이자 특기라 귀찮긴 하지만 가끔은 도움이 될 때도 있다.

"하하, 애들이 귀엽네요."

"그래요? 좀 시끄럽고 짓궂은 녀석들이 있기는 한데 반장이 야무지니까 도움이 될 거예요. 여기 애들이 좀 그래요. 적응하는 데 시간이 좀 걸릴 거예요. 동네가 워낙 그러니까."

수학 선생님이 말한 '애들이 좀 그래요'와 '동네가 워낙 그러니까'의 의미가 무엇인지 나는 알고 있다. 동네가 그렇다는 건, 학교 주변에 낙후한 공장들이 즐비하고 변변한 아파트 단지 하나 없이 낡은 빌라와 다세대 주택만 있다는 뜻이다. 애들이 그렇다는 건, 이런 동네에 사는 애들이라 공부도 못하는 데다 거칠기 짝이 없다는 뜻이고 말이다.

처음 그런 말을 들었던 초등학생 때는 솔직히 눈물이 날 만큼 억울했다. 그때만 해도 나는 어리고 뭘 몰랐다. 수업 시간에 발표를 시키면 선생님이 나를 지목해 줄 때까지 눈을 반짝이며 손을 높이높이 치켜들었다. 주인의 사랑을 갈구하는 강아지처럼 혀를 빼물고 헉헉대면서. 쉬는 시간이면 심부름할 게 없나 선생님 주변을 얼쩡거렸다. 선생님들은 환한 웃음과 다정한 칭찬으로 나의 노력에 보답해 주었다. 그럴 때면 나는 한껏 의기양양해졌다. '똑똑하고 야무지고 예의 바른' 강민이, '최고로 멋지고' 심지어 '훌륭한' 강민이가 바로 나였다.

그러나 어느 날 교무실에 심부름하러 갔다가 우연히 선생님들끼리 하는 대화를 엿들은 뒤, 나는 깨달았다. 이 구질구질한 동네에 사는 한, 다른 아이들과 매한가지로 나는 '무식하고 수준 낮은' 강민이, '보고 배운 게 없고' 심지어 '앞날이 뻔한' 강민이일 수밖에 없다는 것을 말이다.

내가 실망한 나머지 모범생이 되려는 노력을 멈추었을까? 그랬다면 지금의 나는 존재하지 않았을 것이다. 오히려 나는 더더욱 노력했다. 더욱 예의 바르고, 더욱 성실하고, 더욱 똘똘하고 눈치 빠르게 행동하기 위해 내가 얼마나 피나는 노력을 했는지 선생님들은 상상조차 못 할 것이다. 선생님들은 입에 침이 마르게 칭찬을 해 댔지만, 내 마음은 더 이상 기쁨으로 출렁이지 않았다. 칭찬을 받으면 받을수록 더 차갑게 굳어 갈 뿐이었다.

하지만 그날 그 대화를 듣지 못했다면, 나는 지금껏 바보같이 속으며 살아가고 있었을 거다. 알량한 미소와 입에 발린 칭찬에 넘어가 천치처럼 살지 않게 해 준 선생님들에게 고마운 마음마저 든다.

수학 선생님이 조민정 선생님에게 시험지 뭉치를 건네며 말했다.

"이건 2반 선생님이 국어 수행 평가 걷어 놓은 건데, 채점을 부탁하셨어요."

"아, 네!"

국어 수행 평가라면 지난달에 했던 '나의 꿈 쓰기'일 테다. 어차피 미뤄 둔 거 한 달 뒤에 와서 채점해도 될 일을 굳이 임시 교사에게 시키다니. 하긴 매사 귀찮아하던 담임 선생님이니 충분히 그러고도 남을 것이다.

"그런데요, 부장님. 호연이가 계속 결석하고 있던데, 무슨 일인지 혹시 아세요?"

"아, 한호연. 계속 연락이 안 돼요. 집 전화는 원래 없고, 휴대 전화도 받질 않아요. 보호자하고도 연락이 안 되고요. 담임 선생님이 가정 방문을 갔었는데 빈집처럼 보이더래요. 경찰에 수사 의뢰했으니 기다려 봐야죠. 선생님은 교육청에 보고만 잘하시면 돼요. 녀석, 학기 초에는 착실했는데 갑자기 속을 썩이네."

조민정 선생님은 뭔가 곰곰이 생각하는 눈치였다. 나도 재빨리 머리를 굴렸다. '경찰이 한호연을 찾는다고? 경찰이 나선다면 찾을 수는 있겠지만 한호연이 과연 학교에 다시 오려고 할까?'

그때 조민정 선생님과 눈이 딱 마주쳤다.

"강민이가 마침 여기 있었네. 이따 방과 후에 호연이네 집에 한번 가 보려고 하는데 같이 가 줄 수 있니? 난 호연이 얼굴을 몰라서. 혹시라도 호연이를 만났는데 못 알아보면 안 되잖아."

"…네?"

"찾아가도 소용없을 거예요. 교육청에 보고만 잘해 두시면 문제없다니깐."

수학 선생님이 끼어들었다.

"그래도 한번 가 봐야 마음이 편할 것 같아서요. 강민이 시간 안 되면 나 혼자 가도 돼."

"아니에요. 저도 같이 갈게요."

"그래? 고마워."

역시 내 '감'은 틀리지 않았다. 잠시만 방심하면 문제의 씨앗은 여기저기에서 싹을 틔운다. 보이지 않는 손을 움직여야 할 시간이 온 듯하다.

"참, 선생님."

"응?"

"호연이가 3월 18일 월요일부터 결석했는데요, 그 며칠 전에 예슬이랑 둘이 놀이터에서 만났다고 들었거든요. 그날 혹시 무슨 일이 있었던 게 아닐까요? 뭐, 전 잘 모르지만요."

조민정 선생님이 눈을 크게 떴다.

"그래? 알려 줘서 고마워. 예슬이한테 한번 물어봐야겠다! 수업 마치고 나한테 오라고 전해 줄래?"

"네, 선생님. 그런데 제가 말했다는 건 예슬이한테 비밀로 해 주셨으면 좋겠어요."

조민정 선생님은 의아한 듯 잠시 멈칫했지만, 곧 고개를 끄덕였다.

"알겠어."

나는 해맑게 웃는 선생님에게 꾸벅 인사를 하고 교무실을 나왔다. 슬슬 재미있는 일이 시작될 것 같은 예감이 든다.

04
심예슬

"날 왜 부르는데?"

김강민은 자기도 모른다는 듯 어깨를 으쓱했다. 나는 투덜거리며 교무실로 갔다. 조민정 쌤은 수학쌤이랑 이야기하는 중이었다.

"네가 예슬이구나. 아침에 출석을 부르긴 했지만, 아직 얼굴을 못 외워서."

조민정 쌤은 초승달 눈을 하고서 말했다.

"거기 앉아서 잠깐 기다려 줘."

책상 위에 종이 뭉치가 놓여 있었다. 언뜻 보니 언젠가 써서 냈던 국어 수행 평가였다. 그런데 맨 위에 놓인 종이는 아래쪽이

절반 넘게 찢어지고 없었다. 뭐야, 설마 이것 때문에 나를 부른 건가? 나는 남아 있는 부분을 힐끔거리며 읽기 시작했다.

내 꿈은 두 가지이다.

첫 번째는 다른 사람들에게 우리 엄마 같은 사람이 되어 주는 거다. 우리 엄마는 나를 낳고 나서 많이 아프셨다고 한다. 내 기억 속의 엄마는 늘 자리에 누워 계셨고 내가 여섯 살 때 결국 하늘나라로 떠나셨다. 나는 엄마와 손잡고 유치원에 가 보지도 못했고 밖에서 뛰어놀아 본 적도 없다. 엄마랑 같이 앉아 밥을 먹어 본 적도 없다. 하지만 나는 매일 저녁 엄마 옆에 누워 그날 있었던 일을 이야기했다. 엄마는 말없이 내 이야기를 들어 주고 마지막에는 항상 나를 꼭 안아 주었다. 그러면 신기하게도 온 세상이 나에게 "괜찮아."라고 말해 주는 기분이 들었다. 엄마는 내 곁에 없지만 지금도 날마다 엄마 사진 앞에서 이야기한다. 더는 나를 안아 줄 수 없지만 그렇게 하면 엄마가 내 이야기에 귀 기울여 주는 것만 같다.

나도 엄마처럼 온 마음을 기울여 다른 사람의 이야기를 들어 주고 싶다. 누가 마음을 다해 이야기를 들어 줄 때, 내 마음이 사랑으로 가득 차게 된다는 걸 엄마가 가르쳐 주었기 때문이다.

두 번째 내 꿈은 친구들과 함께

여기까지였다. 글쓰기 주제가 '나의 꿈 이야기'여서 나는 밤에 꾼 꿈에 관해 쓰는 건 줄 알았는데, 아니었나 보다. 젠장, 또 수행 망했다. 근데 이 글은 누가 쓴 거지? 꽤 잘 썼네. 궁금한 마음에 이름을 보려 했지만 다른 책에 가려서 보이지 않았다. 슬쩍 책을 치우려는데, 조민정 쌤이 이야기를 끝내고 자리로 왔다.

"미안! 많이 기다렸지?"

나는 얼른 선수를 쳤다.

"이거 제가 그런 거 아닌데요."

"응? 뭘?"

"제가 찢은 거 아니라고요."

조민정 쌤은 영문을 모르겠다는 듯 눈을 껌뻑이더니, 책상에 놓인 수행 평가 종이를 보고는 또 큰 소리로 웃었다.

"으하하하."

정말 마음에 안 들어, 저 웃음소리. 뭐가 저렇게 재밌을까?

"너 사고 많이 치는구나? 그래서 맨날 의심받고, 혼나고. 맞지?"

나는 발끈해서 소리쳤다.

"아니거든요!"

"아니면 다행이고. 나도 너 혼내려고 부른 거 아니야. 뭐 좀 물어보려고 부른 거지."

나는 부루퉁한 얼굴로 다리를 꼰 채 발을 까딱거렸다.

"호연이가 결석하기 며칠 전에 너랑 놀이터에서 만났다면서?"

순간 나는 숨이 멎는 것 같았다.

…어떻게 알았지? 벌써 보름도 더 지난 일인데? 오늘 처음 온 조민정 쌤이 봤을 리는 없고, 누가 말해 준 거지?

갑자기 머릿속이 핑핑 돌아갔다.

분명히 호야랑 나 말고는 놀이터에 아무도 없었는데. 누가 우릴 보고 있었던 거야? 설마 우리 둘이 한 이야기도 들었을까? 그럼…?!!!

생각이 꼬리를 물고 뻗어 나갔다. 그러다 문득 감전된 것처럼 머리카락이 곤두섰다.

'…하은이한테 그 이야기를 전한 사람이, 설마 호야가 아니었나?'

가슴이 마구 쿵쾅거렸다.

"예슬아, 왜 대답이 없어?"

나는 침을 꿀꺽 삼켰다. 조민정 쌤이 어디까지 알고 있는 거지? 정신을 차려야 한다. 조민정 쌤은 그날 일을 묻고 있을 뿐이다. 일단 다른 건 생각하지 말자.

"평소처럼 그냥 놀았어요."

"평소처럼? 그럼 전부터 호연이랑 친했단 말이야?"

"네. 호야 원래 저랑 친해요."

"호야?"

"호연이를 애들이 그렇게 불러요."

조민정 쌤의 눈에서 의심의 빛이 조금씩 걷히는 것 같았다. 역시 조민정 쌤은 아직 모르는 게 틀림없다. 나는 마음을 가다듬고 부러 큰 소리로 떠벌렸다.

"호야가 전교에서 화장을 제일 잘하거든요. 완전 메이크업의 신이에요, 신! 걔가 메이크업해 주면 완전 쩔어요. 못 알아봐요, 진짜. 3학년 언니들도 호야한테 화장해 달라고 막 찾아오고 그래요."

조민정 쌤이 당황하는 기색이 보였다. 나는 쐐기를 박듯 덧붙였다.

"진짠데…. 그날도 호야가 티트리팩 줬단 말이에요. 여드름엔 그게 짱이라고. 에잇, 피부 다 뒤집어졌는데 얜 도대체 어딜 가서 안 나타나는 거야."

거짓말은 아니다. 호야가 메이크업을 잘하는 것도 진짜고, 그날 나한테 티트리팩을 준 것도 진짜다. 우리가 그날 수다 떨면서 즐거운 시간을 보낸 것 역시 진짜다. 조민정 쌤이 그날 일을 물으니 나는 솔직하게 대답할 뿐이다.

"음. 근데 예슬아, 네가 호연이랑 친했다니까 물어보는 건데, 호연이가 왜 갑자기 연락도 안 되고 학교에 안 오는 거 같아?"

조민정 쌤이 훅 치고 들어왔다. 이 질문에는 솔직하게 대답할 수가 없는데.

"그, 그건…."

나는 고개를 떨구고 대답했다.

"저도 잘 모르겠어요."

"…그래? 얘기해 줘서 고마워. 그만 가 봐도 돼."

조민정 쌤은 애써 웃으며 내 어깨를 토닥여 주었지만 목소리에서는 실망이 묻어났다. 조민정 쌤이 의자를 돌려 수행 평가 뭉치를 집어 들었다. 맨 위에 있는 찢어진 종이가 보였다. 아까는 책에 가려 보이지 않았던 글쓴이의 이름이 눈에 들어왔다.

'2학년 2반 24번 한호연.'

05
이재욱

동우에게.

안녕, 오랜만이지. 새로운 반은 어때? 친구는 좀 사귀었어? "벌써 다 친해졌지. 당연한 거 아냐?" 하고 우쭐할 네 모습이 눈에 선하네.

나는 음….

예전에 누나가 그랬어. 사람들은 저마다 네잎클로버를 가지고 태어난다고. 행운을 가져오는 네잎클로버 말이야. 그런데 2학년이 된 첫날, 교실에 들어가자마자 가장 먼저 떠오른 생각이 뭔 줄 알아? 신이 나를 만들 때 네잎클로버 넣는 걸 깜빡한 게 틀림없다는 거였어. 교실 맨 뒷자리에 김승현이 떡하니 앉아 있었거든. 너도 알지? 그래, 맞아. 작년에 나를 죽어라 괴롭히던 그 자식. 제발 김승현만은 피하게 해 달라고 그렇게 기도했는데!

내 말에 누나는 고개를 저었어.

"아니야. 사람들이 가진 네잎클로버는 모두 같은 개수래."

"근데 난 왜 이렇게 운이 없는 거야?"

"사람마다 네잎클로버를 쓰는 상황이 다른 거지. 어떤 사람은 로또 당첨이나 대학 합격처럼 큰일에 네잎클로버를 쓰고, 또 어떤 사람은 지하철에서 앞에 앉아 있던 사람이 일어나 빈자리가 생기는 것처럼 사소한 일에 쓰는 거야. 사소한 일에만 네잎클로버를 쓰는 사람은 중요한 일에는 항상 운이 따르지 않으니까 자신은 운이 없는 사람이라고 생각할 수밖에."

누나가 눈을 찡긋하며 덧붙였어.

"네가 평소에 네잎클로버를 어디에 썼는지 생각해 봐."

그러고 보니 어제 매점에서 소시지빵을 샀을 때도 네잎클로버를 한 장 써 버린 게 틀림없어. 내 바로 뒤에 줄 서 있던 녀석이 소시지빵을 달라고 하니까 아주머니가 다 팔렸다고 했거든. 아까운 네잎클로버를 써 버린 줄도 모르고, 좋다고 히죽거리면서 소시지빵을 먹어 치우던 어제의 내가 죽도록 미웠어.

곰곰 생각해 보니, 나는 언제나 그런 식이었어. 사소한 일, 그것도 주로 먹는 것과 관련된 일에서만 운이 좋았지. 내가 문을 열고 들어서면 사람들이 잔뜩 차려 놓은 음식을 이제 막 먹으려던 참이었다며, "하하, 녀석 참 먹을 복 있네. 어서 와서 같이 먹자."라고 했어. 네잎클로버를 그딴 데 다 써 버리고 다니니까, 남은 거라곤 애들한테 '제육볶음'이라고 놀림당하는 뚱뚱한 몸뚱이뿐인 거 아니겠어.

너도 내가 이렇게 될 줄은 미처 몰랐다고? 그래, 원래 인생이란 뜻대로 되는 게 하나도 없는 거라고 엄마도 그랬잖아.

나는 결심했어. 앞으로 오직 한 가지만을 위해 남은 네잎클로버를 모두 바치겠다고. 그건 바로 김승현 눈에 안 띄는 거지. 전에 어떤 책에서 천재 살인자가 사람들의 눈에 띄지 않게 하는 향수를 개발해서 살인을 저지르고도 들키지 않았다는 이야기를 읽은 적이 있어. 내게도 그런 향수가 있었으면! 날마다 그 향수를 뿌리고 학교에 갈 텐데.

다음 날 아침, 교실에 들어서면서 나는 온 정신을 하나로 모아 간절히 바라고 또 바랐어.

'김승현이 나를 못 보고 그냥 지나쳐 주기를! 네잎클로버야, 마법의 향수야! 나를 도와줘, 제발!'

"야, 제육볶음!"

…소용없었어. 네잎클로버고 향수고 나발이고, 젠장.

"소시지빵같이 생긴 새끼가 또 소시지빵 뜯어 먹고 있네. 너 그러다가 아예 거대한 소시지빵으로 변하는 거 아니야? 아, 축제 때 이 새끼를 소시지빵으로 분장시키면 어때? 생각만 해도 웃겨."

김승현이 내 앞으로 얼굴을 쑥 들이밀었어. 재미있어 죽겠다는 듯 입꼬리는 잔뜩 올라가 있지만 날카로운 눈에는 웃음기라곤 전혀 없었지. 오른쪽 입가에 있는 점이 씰룩였어. 그동안 나를 괴롭히는 놈들은 많았지만 이런 놈은 처음이야. 동우 넌 나한테 항상 그랬지. 걔도 내 또래 남자애일 뿐이라고. 내가 먼저 웃으면서 다가가면 친해질 수 있을 거라고. 하지만 걔를 직접 보면 너도 생각이 달라질 거야. 근처에만 가도 한기가 느껴진다니까.

"아니지, 그럴 게 아니라 지금 당장 해 보자. 재미있을 것 같은데."

천천히 다가오는 김승현의 손에는 이미 컴싸가 들려 있었어.

아, 컴싸는 수성이지. 다행이다. 얼굴이나 몸은 비누로 빡빡 지우면 지워지겠지.

그 순간 내 머릿속에 든 생각은 고작 그런 거였어. 작년에 김승현이 유성 매직으로 내 얼굴을 칠해 놨을 때는 지우느라고 정말 죽는 줄 알았거든. 우리 학교 교복 색깔이 짙은 네이비블루여서 낙서를 해도 잘 안 보이는 게 그나마 다행이었지.

김승현의 손에 들린 컴싸가 허공에서 나를 내려다보았어. 내 얼굴을 향해 뾰족한 컴싸가 달려들 때, 나도 모르게 눈을 꽉 감아 버렸어. 꼭 칼로 무자비하게 찔리는 기분이 들었거든. 한 번, 두 번, 세 번…. 컴싸가 지나간 자리가 불길이 붙은 것처럼 화끈

화끈했어.

시끌벅적하던 주변 애들마저 싸늘하게 얼어붙었을 때였어. 누가 소리쳤어.

"그만해!"

그 애가 김승현의 앞을 가로막으며 말했어.

"너무 심하잖아."

그 순간 서러움이 밀려오며 참았던 눈물이 왈칵 쏟아져 내렸어. 게다가 눈물이 상처에 닿자 너무 쓰라려서 나도 모르게 소리 내어 울어 버렸지.

"괜찮아? 가서 씻자."

그 애는 다정하게 말하며 내 팔을 잡아끌었어. 화장실 세면대 앞 거울 속에는 얼굴이 눈물 콧물로 뒤범벅되어 시커멓게 얼룩진 돼지가 서 있었어. '더럽고 불쌍한 돼지 새끼, 저게 나라니.' 다시 눈물이 쏟아졌지. 벌겋게 부어오른 얼굴보다 마음이 더 쓰라렸어.

"아프겠다."

물에 적신 손수건으로 내 얼굴을 닦아 주며 그 애는 자기 얼굴이 쓰라린 것처럼 이마를 찡그렸어. 나는 그제야 그 애 얼굴을 찬찬히 살펴보았어. 처음 보는 얼굴이었어. 하긴 나는 복도에서도 급식실에서도 늘 땅만 보고 다니니까 얼굴을 아는 애가 많지는 않아. 그 애는 귀를 살짝 덮은 단발머리에, 콧날이 오뚝하고 눈매가 아래로 처져서 순해 보이는 인상이었어.

그 애가 해맑게 웃으며 말했어.

"왜 안 물어봐?"

"…뭘?"

"남자야, 여자야? 나 보면 다들 그렇게 물어보던데."

무슨 뜻인지 몰라서 머뭇거리자 그 애는 손가락으로 자기 얼굴을 가리켰어.

"내가 화장하고 다니니까."

"아, 화장한 거였어?"

내가 머리를 긁적이자 그 애는 다시 순하게 웃었어.

"넌 참 무던하구나. 편견도 없고."

나는 다시 머리를 긁적였어.

"딴 애들은 멍청하고 답답하다고 하던데."

"아니야. 마음이 바다처럼 넓은 거지. 그러니까 아까도 참아 준 거잖아."

"…참아 준 거라고?"

"그래. 네가 참아 주지 않고 같이 덤벼들어 싸웠으면 어떻게 됐겠어? 김승현 그 자식 물불 안 가리잖아. 보나 마나 큰 사고가 났을 거야."

나는 참아 준 게 아니라…. 아니, 참아 준 거였나? 바다처럼 넓은 마음으로? 갑자기 헷갈렸어.

40

"넌 정말 대단해."

그 애의 따스한 눈빛에서 진심이 느껴졌어. 나도 모르게 가슴 속에서 뜨거운 기운이 차올랐어.

"근데 너, 이름이 뭐야?"

그제야 생각나서 내가 물었어. 그 애가 씽긋 웃으며 대답했어.

"한호연. 근데 다들 호야라고 불러."

나에게 남은 네잎클로버를 호야와 같은 반이 되는 데 모두 쓴 거라 해도 좋았어. 눈보라 휘몰아치는 허허벌판을 내내 혼자 헤 매다가 처음으로 기댈 곳이 생긴 느낌이었어. 동우 너도 지금 신 나서 들썩거리고 있지?

하지만 역시 나는 운이 지지리도 없는 놈이 맞나 봐. 그날부터 2주도 채 지나지 않아서 호야가 어디로 사라져 버렸거든. 나는 다시 혼자가 되고 말았어.

오늘도 좋은 소식을 전하지 못해서 미안해. 하지만 너무 실망 하지는 마. 다음에는 좀 더 나은 소식 전하도록 노력해 볼게.

그럼 안녕.

06
심예슬

교무실에서 나와 계단을 내려오다가 다리가 후들거려 그만 주저앉아 버렸다. 조민정 쌤 앞에서는 애써 아무렇지 않은 척했지만, 실은 심장이 쿵쾅거리는 걸 들킬까 봐 조마조마해 죽을 뻔했다.

호야가 쓴 글이 머릿속을 자꾸 맴돌았다. 호야는 정말 다른 사람의 이야기를 잘 들어 주는 친구였다. 너무 잘 들어 줘서 되레 문제이긴 했지만 말이다. 사라진 호야의 두 번째 꿈은 무엇이었을까.

"심예슬!"

하은이가 뛰어와 내 어깨를 쳤다.

"담임이 뭐래?"

"어, …어?"

"뭐야, 담임이 불러서 뭐라고 했냐니까?"

"아, 그게….""

"제육볶음 놀렸다고 막 뭐래?"

"어? 어어. 앞으로 놀리지 말래."

"그게 다야?"

"응. 앞으로 지켜보겠대."

"학폭 연다고 협박은 안 하고?"

"으응. 아직은."

하은이가 조민정 쌤한테 호야 이야기를 흘린 건 아닌가 보다. 일단 한시름 놓았다.

"쟤, 그 싸가지 맞지?"

하은이가 운동장 스탠드에 앉아 있는 1학년 무리를 쏘아보며 물었다. 가운데에 앉은 여자애를 보자 가슴이 턱 막혀 왔다. 그 날, 쓰레기 분리수거장에서 나던 지독한 냄새가 다시 코끝을 스치는 것 같았다.

보름 전쯤이었나. 하은이가 1학년 중에 건방진 애가 있다고 해서 같이 손봐 주러 나간 날이었다. 복도에서 눈이 마주쳤는데 인사를 하지 않거나, 우리 눈길을 피하지 않고 계속 꼬나보는 애가 있으면 따끔하게 혼을 내 주곤 했으니까 그날도 그러는 줄 알고 하은이를 따라 분리수거장으로 나갔다. 예쁘장하게 생긴 여자애가 손톱을 물어뜯으며 서 있었다.

"네가 1학년 중에서 젤 이쁘다며? 맞냐?"

하은이가 차가운 눈초리로 여자애를 흘겨보며 말했다.

"그래서, 얼굴 믿고서 서일교한테 꼬리 쳤냐?"

여자애의 얼굴이 흙빛이 될 때, 아마 내 얼굴도 비슷해졌을 거다.

"아니에요! 그냥 아는 오빠라서 인사했을 뿐이에요."

하은이가 창백하게 질린 여자애를 확 떠밀었다. 여자애가 얼굴을 감싸고 울기 시작했다.

"서일교 내가 찍었으니까 걔 앞에서 나대지 마. 인사도 하지 말고, 아는 척도 하지 말란 말이야! 알겠어?"

여자애는 미친 듯이 고개를 끄덕였다. 마스카라가 시커멓게 얼룩진 꼴이 처참해 보였다. 여자애가 흐느껴 우는 소리가 뒤통수를 자꾸만 잡아챘다.

여자애를 남겨 놓고 나는 서둘러 하은이를 쫓아갔다. 하은이는 스마트폰을 들여다보며 혼잣말로 투덜거리고 있었다.

"왜 또 제멋대로 켜지고 난리야. 갖다 버리든지 해야지, 짜증나. 배터리 다 닳았잖아."

나는 하은이 눈치를 살피며 물었다.

"쟤가 서일교한테 꼬리 쳤대? 인사만 했다는데…?"

하은이는 스마트폰을 신경질적으로 두드리면서 화난 말투로 대꾸했다.

"일교 오빠아, 이러면서 막 눈웃음치는 게, 그럼 꼬리 치는 게 아니야?"

나는 아무 말도 못 했다. 맞장구를 치지 않자 하은이가 우뚝 걸음을 멈추었다. 비죽 올라간 입꼬리에서 피식 웃음이 새어 나왔다.

"그럼 서일교한테 바나나우유 주는 건? 그건 꼬리 치는 거 맞지?"

갑자기 머릿속이 하얘졌다.

'아니야, 아닐 거야. 설마…. 그날 하은이는 결석했는데.'

무슨 말이든 해야 할 것 같았다. 하지만 적당한 말을 도저히 찾을 수 없었다. 나는 그대로 돌덩이가 되어 버린 것처럼 서 있었다. 하은이가 얼음장처럼 차가운 얼굴로 나를 보더니, 확인 사살 하듯이 내뱉었다.

"참, 예슬이 너도 바나나우유 좋아한다며? 미처 몰랐네."

홱 뒤돌아 가 버리는 하은이를 잡지도 못하고 나는 한동안 멍하니 서 있었다. 왕따에서 벗어나려고 발버둥 쳤던 날들, 온갖 방법을 연구하고 눈치 보던 그 모든 시간이, 나를 대신할 왕따를 만들어 괴롭히던 그 모든 비열한 노력이 한꺼번에 와르르 무너져 내리는 소리가 들렸다.

'쟤, 친구가 찍은 남자한테 꼬리 쳤대.'

그 한마디면 충분했다. 더구나 그 친구가 신기중 여신으로 불리는 염하은이라면 더 말할 필요도 없었다.

당장 내일부터 하은이는 내게 말도 걸지 않을 것이다. 쉬는 시간이면, 나만 쏙 빼놓고 저희끼리 모여서 수다를 떨고 까르르 웃으며 내 뒤통수에 대고 들으란 듯이 욕을 할 것이다.

"어머, 저기 젤 친한 친구 뒤통수친 애가 있네? 진짜 양심도 없지. 생긴 것도 완전 거지 같은 게, 지가 꼬리 치면 서일교가 넘어갈 줄 알았나 보지?"

참다못해 내가 뒤를 돌아보면, "우린 네 얘기 한 거 아닌데? 왜 뭐 마음에 걸리는 거라도 있어?" 이러면서 나를 약 올릴 거다. 단톡방에서 끊임없이 내 욕을 하고, 내가 나가면 초대하고 또 초대하고⋯. 그렇게 그들은 내가 저희에게서 절대 벗어날 수 없다는 사실을 쉴 새 없이 확인시켜 줄 거다.

이제 교실은 지옥이 될 거다. 신기중으로 전학 오기 전처럼.

'아니야, 안 돼.'

나는 고개를 마구 저었다. 여기까지 얼마나 힘들게 왔는데 다시 먼지 쌓인 체육복 신세로 돌아갈 순 없었다. 나는 전력을 다해 뛰어가 하은이를 잡았다.

"그게 무슨 말이야? 내가 서일교한테 바나나우유를 주기라도 했단 거야? 어떤 미친 새끼가 그래? 눈깔이 삐었나? 누가 그따위 구라를 쳐?"

나는 말 그대로 펄펄 뛰었다. 심장이 터질 것 같았다. 진심으로 보이게 하려고 필사적으로 애쓰다 보니 정말로 누가 나를 모함하기라도 한 것처럼 억울한 마음까지 들었다. 눈물까지 찔끔거리는 나를 보며 하은이는 마음이 좀 풀린 모양이었다.

"잘못 봤나 보지. 나도 네가 진짜 그랬을 거라곤 생각 안 했어."

나는 속으로 가슴을 쓸어내렸다.

'누굴까. 다음 시간이 체육이라 대부분 운동장으로 나가고 교실엔 애들도 거의 없었는데. 아무도 못 봤을 거라고 생각했는데, 누가 보고 하은이에게 전한 걸까. 굳이 왜 하은이에게…. 혹시 이 모든 걸 알고 있는 사람이라면? 내가 서일교를 좋아하는 것도 알고, 그걸 하은이가 알면 어떤 일이 벌어질지도 다 알고 있는 사람이라면?'

딱 한 명밖에 없었다.

온 마음을 다해 다른 사람의 이야기를 들어 주는 친구, 호야.

그때는 그렇게 생각할 수밖에 없었다. 호야가 하은이에게 내 비밀을 말한 거라고. 그래서 그런 거였다. 다시 왕따로 돌아가기는 죽기보다 싫었으니까. 놀이터에서 호야와 둘이서만 나눈 이야기를 엿들은 사람이 있으리라고는 상상도 하지 못했다. 내가 호야에게 도대체 무슨 짓을 한 거지….

"저 싸가지가 나대지 말라니까 아직도 정신을 못 차렸네?"

생각에 빠져 있던 나는 하은이의 성난 목소리에 현실로 돌아왔다. 운동장에서 서일교가 애들이랑 축구를 하고 있었다. 분리수거장에서 한번 손봐 주었던 1학년 여자애가 스탠드에 앉아 그 모습을 보고 있는 게 하은이의 심사를 건드린 거였다.

"말로만 경고했더니 저게 우릴 우습게 아나 본데?"

나는 손가락을 우두둑 꺾으며 자리에서 일어났다. 호야가 아니라면, 내 비밀을 알고 있는 누군가가 우리 반에 있다. 또다시 하은이에게 의심을 사는 일만은 없어야 한다.

"오늘 아주 제대로 밟아 줘야겠다. 가자, 하은아."

하은이가 나를 보며 씩 웃었다. 우리의 우정은 아직 금 가지 않았다.

07
서일교

덥다. 땀난다. 죽을 것처럼 목이 마르다. 미친 듯이 공만 쫓으며 뛸 때는 더위도 갈증도 느끼지 못한다. 삑! 경기를 끝내는 호루라기 소리가 들리면 비로소 목구멍이 타들어 가는 갈증이 밀려온다. 그리고 갈증 끝에는 어김없이 시원하고 달콤한 바나나우유 생각이…. 거지 같다. 목구멍처럼 가슴속도 용광로마냥 부글부글 끓어오른다. 무언가를 간절히 원하는 스스로가 너무 거지 같아서.

스탠드에 여자애들이 앉아 있다. 심예슬을 발견하자마자 습관처럼 심장이 철렁했다. 벌써 보름이나 지난 일이다. 그때 이후로 심예슬은 나에게 말을 걸어온 적도 없고 심지어 눈길 한 번 준

적 없다. 혹시 심예슬이 그날 내게 바나나우유를 준 게 단순한 우연은 아니었을까? 그 자식이 나를 속인 거였다면…? 아니, 그럴 리 없다. 그 자식은 분명 뭔가를 알고 있었다.

가면을 쓴 것처럼 꿍꿍이를 알 수 없는 그 눈빛이 눈에 선하다. 악마가 와서 영혼을 팔라는 제안을 할 때 꼭 그런 얼굴을 하고 있을 것만 같다. 어떤 감정도 드러내지 않으면서 사람을 압도하는 서늘한 표정. 반면 내 얼굴엔 다 드러났을 거다. 내가 그동안 필사적으로 감춰 온 불안과 두려움 그리고 공포가.

문제의 그날은 1교시가 하필 수학이었다. 다른 쌤들은 웬만해선 나를 건드리지 않는데 수학쌤만은 예외였다. 전날 밤을 뜬눈으로 꼬박 새웠더니 눈꺼풀이 저절로 감기는 데다 기분도 엿 같아서 엎드려 있는데 자꾸만 성가시게 굴었다. 학생이 수업 시간에 보란 듯이 엎드려 자는 게 말이나 되느냐, 이게 선생님을 무시하는 태도가 아니고 뭐냐 운운…. 거기까지만 했으면 대충 일어나는 시늉을 하고 말았을 거다. 그런데….

"항상 어머니에게만 전화를 드렸는데 도무지 나아지질 않으니, 안 되겠다. 아버지는 바쁘시니? 학교에 한번 오시라고 해야겠어."

순식간에 머리끝까지 피가 용솟음쳤다. 그리고 말 그대로 꼭지가 핑, 돌았다.

"에이, 씨발! 그 얘기가 왜 나오는데!"

나는 벌떡 일어나 의자를 집어 던졌다. 반 애들이 비명을 지르고, 수학쌤의 놀란 얼굴이 일그러졌다.

나는 그대로 교실을 뛰쳐나왔다. 막상 나오니 갈 곳이 없었다. 씩씩대며 운동장 스탠드에 앉아 있었다. 수업 태도가 문제면 나만 혼내고 말 일이지, 왜 자꾸 부모를 들먹이는지. 언제나 일을 크게 만드는 쪽은 쌤들이다.

잠시 뒤에 연락을 받았는지 상담쌤이 헐레벌떡 달려 나왔다. 상담쌤의 설득에 한 시간쯤 버티다 못 이기는 척 다시 교실로 들어갔다. 집에 갈 수도 없고, 돈이 없으니 PC방에 갈 수도 없었다.

내가 교실에 들어가자 수군거리던 애들이 일제히 입을 다물었다. 교권보호위원회가 열릴 거라고, 이번에야말로 강제 전학 조치가 떨어질 거라고들 계속 떠들어 보시지. 나는 될 대로 되라는 심정으로 책상에 엎드려 버렸다. 강제 전학이 떨어지면 정해 주는 학교로 전학을 가면 그만이었다. 아니, 그때의 찜찜한 마음으로는 차라리 전학 가는 편이 더 나을 것도 같았다.

하지만 교권보호위원횐지 뭔지가 열리면 보호자도 참석해야 한다. 나는 그것 때문에 미칠 것 같았다. 그 인간은 절대 그냥 넘어가지 않을 거다. 그때처럼 또 일이 벌어진다면 이번에는…. 상상만으로도 심장이 가슴을 뚫고 나올 듯 거세게 뛰었다. 주먹에 힘이 절로 들어갔다. 이마에서 땀이 배어났다.

그때 누군가 내 책상 위에 뭔가를 툭 내려놓았다. 팔뚝에 와

닿은 차가운 감촉에 나도 모르게 인상을 찌푸리며 고개를 슬쩍 들었다. 하필 그 순간 바나나우유라니, 우연이라기엔 너무나 절묘했다.

그때 내 얼굴이 어땠을까. 어떤 일에도 놀라지 않고, 어떤 사람 앞에서도 쫄지 않는 서일교가 어린애들이나 좋아하는 바나나우유를 보고 새파랗게 질리다니.

나는 겁먹은 눈빛을 들킬까 봐 얼른 다시 고개를 파묻었다.

'누구지? 누가 이걸 주고 간 거야?'

고개를 파묻은 채 조심스럽게 주위를 살폈다. 다음 시간이 체육인지 체육복을 갈아입고 있는 애들 서너 명 말고는 교실이 텅 비어 있었다. 막 뒷문을 빠져나가는 여자애의 뒷모습이 눈에 띄었다. 그 애가 두고 간 게 틀림없었다. 그때 나는 같은 반 애들 이름을 하나도 몰랐다. 복도로 뛰어나가 가장 가까이 있는 애 멱살을 다짜고짜 잡아채고 물었다.

"야, 쟤 이름 뭐야? 저 앞에 뛰어가는 체육복."

"시, 심예슬인 거 같은데?"

덫에 걸린 느낌이었다.

'알고 그런 걸까? 아니야, 그냥 우연일 수도 있잖아. 하지만 지금 이 순간에 하필이면 바나나우유를 갖다주다니! 이건 학교 매점에서 팔지도 않는데. 내 비밀을 다 알고 있는 거야. 지금 나를 놀리는 거라고. 그런데 어떻게 알았지?'

내 머릿속에는 당연히 딱 한 사람밖에 떠오르지 않았다.

'바보! 병신! 이렇게 될 줄 모르고 눈물까지 흘려 가며 쪼다같이 굴다니.'

나는 몇 시간 동안 전전긍긍하다가 기회를 봐서 호야를 한적한 복도로 불러냈다.

"네가 말했냐?"

호야는 영문을 모르겠다는 표정이었다.

"심예슬인지 뭔지, 그 여자애한테 네가 말했냐고."

"뭘 말이야?"

나는 호야의 멱살을 잡았다.

"그날 일 말이야! 굴다리 밑에서! 설마 나불거린 거야?"

"그럴 리가 있어?"

"그럼 심예슬이 나한테 바나나우유를 갖다준 건 뭔데? 뭘 알고 그런 거 아니야?"

"일교야, 그날 일은 아무한테도 말하지 않았어."

호야의 눈빛은 진실해 보였다. 어두컴컴한 다리 밑에서 버려진 짐승처럼 웅크리고 울던 그날, 달빛에 비쳐 반짝이던 호야의 눈빛. 나는 다시 마음이 약해지는 걸 느꼈다.

호야가 내 어깨에 손을 올렸다.

"일교야, 내 눈 똑바로 봐. 목숨 걸고 맹세할 수 있어. 날 믿어."

나는 고개를 끄덕일 수밖에 없었다. 기운 없는 내 모습을 본 호야는 걱정이 됐는지 거듭 물었다.

"근데 갑자기 왜 그래? 무슨 일 있었어?"

"아니야, 됐어."

"너 괜찮아? 그날, 처음 아니지? 심각한 거면 경찰에 신고….”

"처음이야. 앞으론 안 그러실 거야. 그날은 술을 많이 드셔서…. 다시는 안 그러겠다고 엄마랑 나한테 약속하셨어."

"그럼 다행이지만 혹시라도….”

"아니라니까. 앞으로도 비밀은 꼭… 지켜 줄 거지?"

"그건 걱정 마."

그땐 내가 오해한 거라고 생각했다. 나는 호야를 믿었다. 그게 다 거짓이었다는 사실을 나중에야 알고 내가 얼마나 절망하고 분노했는지 호야는 알고 있을까. 그 새끼가 지금까지 숨어서 나타나지 않는 이유를 나는 안다. 나를 피하기 위해서다. 내 눈에 띄면 내가 그 새끼를 죽여 버릴 테니까.

다시 그 토요일로 시간을 되돌린다 해도 나는 같은 결정을 내릴 수밖에 없을 거다. 당장 그 새끼를 찾아가 주먹을 날리지 않고 끝낸 걸로 은혜는 갚은 셈 치자.

…죽을 듯이 목이 말랐다. 나는 후문 쪽 수돗가로 뛰어갔다. 수도꼭지에 입을 대고 바나나우유 대신 차가운 수돗물을 벌컥벌컥 들이켰다.

08
염하은

예슬이랑 같이 1학년 싸가지를 데리고 학교 후문 쪽으로 가고 있을 때였다. 쌤들은 편견에 찌들어 있는 탓에 2학년 둘이서 1학년 애를 데리고 가는 걸 보면 묻지도 않고 혼부터 낸다. 그래서 나랑 예슬이는 싸가지의 어깨에 팔을 두르고 최대한 다정한 모습을 연출하며 걸었다.

"야, 싸가지. 좀 웃으란 말이야. 네가 그렇게 오만상을 찌푸리고 있으면 남들이 어떻게 생각하겠어? 우리가 널 잡아먹기라도 한대?"

"저 진짜 일교 오빠한테 인사 안 했어요. 아는 척도 안 했고요."

예슬이가 인상을 확 썼다.

"너 자꾸 빡치게 할래? 서일교가 축구 하는 거 구경하고 있었잖아?"

"전 그냥 친구들이랑 놀고 있었어요. 일교 오빠가 축구 하는 줄도 몰랐단 말이에요!"

"이게 진짜!"

"꺅!"

"예슬아, 잠깐!"

싸가지의 머리를 후려치려는 예슬이의 손을 내가 잽싸게 잡았다. 후문 쪽 현관에서 김강민이 조민정 쌤과 이야기를 하고 있었다.

"잠깐만 숨어 있어."

내 손짓에 예슬이가 싸가지의 입을 틀어막고 주차장 쪽으로 데려갔다. 나는 다시 학교로 들어가는 척하며 현관으로 갔다. 김강민이 조민정 쌤한테 무슨 말을 하는지 궁금했다. 나는 벽 뒤에 숨어 귀를 기울였다.

"오늘 호연이네 집에 같이 가 줘서 고마워. 호연이가 여학생이니까 여자 친구들에게 부탁하는 게 나을 수도 있지만 그래도 네가 반장이니까…."

"네? 무슨 말씀이세요?"

김강민이 어이없다는 듯 말했다.

"호연이는 남자예요."

"응? 하지만 예슬이 말로는, 호연이가 우리 학교에서 메이크업을 제일 잘한다고….."

김강민이 어깨를 으쓱하자, 조민정 쌤은 화들짝 놀란 얼굴로 호들갑스럽게 소리를 질렀다.

"어머, 어머, 세상에 나 좀 봐. 메이크업을 잘한다는 말에 당연히 여학생일 거라고 생각했지 뭐야! 그래, 요즘 메이크업하는 남자들도 많은데. 어쩜 좋아! 나도 벌써 꼰대가 되고 말았나 봐!"

"뭐랄까, 좀 독특하긴 했죠."

그때, 서일교가 수돗가로 뛰어가는 모습이 보였다. 김강민이 서일교에게서 눈을 떼지 않은 채 말했다.

"그리고 어떤 애들은 그런 호연이를 싫어했어요. 그것도 아주 많이요."

조민정 쌤의 눈길이 김강민을 따라 서일교에게 가서 꽂혔다. 서일교는 수도꼭지에 입을 대고 콸콸 쏟아져 나오는 수돗물을 벌컥벌컥 마시고 있었다. 김강민은 팔짱을 끼고 서서 조민정 쌤이 서일교의 뒷모습을 보며 입술을 깨무는 모습을 가만히 지켜보고 있었다.

…김강민. 역시 찜찜하다.

2주쯤 전이었다. 그날도 서일교는 방과 후에 운동장에서 축구를 하고 있었다. 3월 중순인데도 햇볕이 꽤 뜨거운 날이었다. 땀

흘리며 운동장을 누비는 서일교를 보니 경기가 끝났을 때 짠, 하고 음료수를 주면 좋겠다는 생각이 들었다.

'완전 센스 쩔어!'

나는 스스로 해낸 기특한 생각에 기분이 한껏 들떠서 자판기 앞으로 달려갔다.

'콜라? 사이다? 아니다, 이온 음료가 좋겠어! TV에 나오는 운동선수들이 쉬는 시간에 다들 그걸 마시잖아.'

막 이온 음료 버튼을 누르려고 하던 참이었다.

"서일교 주려고?"

누가 내 마음을 읽기라도 한 것처럼 대뜸 물었다. 나는 깜짝 놀라 뒤를 돌아보았다. 김강민이 서 있었다. 우리 반 반장이긴 하지만 나랑은 별로 친하지도 않은 애였다.

'내가 서일교 좋아하는 걸 어떻게 알았지? 쟤도 혹시 나한테 관심 있나?'

나는 뾰로통해서 김강민을 빤히 쳐다봤다. 그러자 김강민이 피식 웃더니 말했다.

"서일교는 바나나우유 좋아하던데."

"뭔 소리래? 바나나우유 마시는 거 한 번도 못 봤는데."

"아, 넌 몰랐구나. 심예슬은 알고 있던데."

"그게 무슨 말이야?"

김강민은 재미난 비밀 이야기를 하듯, 눈을 반짝이며 속삭였다.

"너 결석한 날, 심예슬이 바나나우유 갖다주니까 서일교가 엄청 좋아하던걸."

그때만 해도 무슨 헛소린가 싶었다. 김강민이 잘못 봤거나 거짓말을 한 거겠지 생각했다. 나는 예슬이를 믿었으니까.

그런데 "너도 바나나우유 좋아한다며?" 하고 슬쩍 떠보니, 예슬이는 순식간에 얼굴이 창백해져서는 아무 말도 못 하는 게 아닌가. 김강민 말이 다 사실이었던 거다! 내 앞에서는 가장 친한 단짝인 양 내 비위를 맞추면서, 뒤로는 내가 좋아하는 남자애한테 나 몰래 꼬리를 치고 있었다니! 나는 배신감에 몸이 덜덜 떨릴 지경이었다.

예슬이는 잠시 후 정신을 수습했는지 헐레벌떡 뛰어와서는 결백을 주장하며 펄펄 뛰었다. 눈물까지 흘려 가며 자기는 정말 그런 적 없다고 해서 진짜 믿어 줘야 하나 고민될 정도였다.

우리가 단짝이라는 믿음은 이미 산산조각 나 버렸지만 그렇다고 예슬이를 내치기에는 나도 좀 아쉬웠다. '목소리 크고 앞에 나서기 좋아하는 심예슬'은 방패로 삼기 딱 좋은 애였으니까. 나는 그냥 묻어 두기로 했다. 그렇다고 또다시 뒤통수를 맞을 생각은 눈곱만큼도 없었다. 그래서 마침 싸가지가 눈에 띄길래 예슬이를 슬슬 부추겨 본 것이다.

주차장으로 갔더니 예슬이가 싸가지를 을러대고 있었다.

"너 좋게 말했더니 못 알아듣지? 서일교는 염하은 언니 거라고! 눈길도 주지 말라고 했어, 안 했어? 엉?"

"저 진짜로 일교 오빠한테 아무것도 안 했어요."

"쳐다보지도 말고, 아예 근처에 가지도 말라고. 백 미터 이내 접근 금지! 몰라? 의심 살 짓은 하지를 말라고!"

예슬이가 애쓰는 모습을 보며 나는 쓴웃음을 지었다. 진심을 증명하겠다, 이거지? 오케이, 접수한다.

"예슬아, 거기까지만 해 둬."

"왜? 말로 하니까 못 알아듣는 거 같은데 오늘 확실하게 밟아 줘야지. 다시는 서일교 근처에서 깝죽대지 못하게."

"이제 알아들었겠지. 야, 싸가지! 너 한 번만 더 내 눈에 띄면 진짜로 가만 안 둔다, 알았어?"

"네, 앞으로는 진짜 조심할게요."

"좋아, 두고 보겠어. 이제 가 봐."

"네, 언니들. 감사합니다."

싸가지는 그물에서 풀려난 물고기처럼 팔짝거리며 뛰어갔다.

예슬이가 불만이 가득한 얼굴로 말했다.

"뭐야, 오늘 담배빵이라도 하려던 거 아니었어?"

"그딴 거 안 해도 이미 충분히 알아들은 거 같아서."

나는 예슬이를 보며 의미심장하게 웃었다. 내 뜻을 알아차린 건지 예슬이가 슬그머니 내 눈을 피했다. 나는 웃으며 손을 흔들었다.

"나 먼저 간다!"

고개를 숙이고 한참을 걷다 정신을 차려 보니 예전에 다니던 연습실 앞이었다. 나도 모르게 또 와 버리고 만 것이다. 나는 한숨을 쉬며 4층 연습실을 올려다보았다.

연습생으로 뽑혀서 잘나갈 때는 아무도 나한테 함부로 하지 못했는데. 이제는 아무것도 아니니까 예슬이까지 나를 무시하는 거야. 나는 입술을 깨물었다. 지가 감히 나를 무시해? 신기중 여신 염하은을? 호야를 연습실에 데려가는 게 아니었다. 그때부터 일이 꼬였다.

그때 반대편에서 걸어오는 여자애들 무리가 보였다. 나랑 같이 연습하던 팀이었다. 너무 놀라 부랴부랴 몸을 숨길 곳을 찾았다. 건물 옆에 누가 내놓은 쓰레기 더미가 제법 높이 쌓여 있었다. 망설일 틈이 없었다. 나는 쓰레기 더미 뒤에 쪼그리고 앉아 그 애들이 지나가기만을 기다렸다. 이렇게 초라한 모습을 쟤들에게 들킨다 생각하니 아찔해졌다. 잠시 뒤, 팀 애들은 저마다 재잘대며 우르르 건물 안으로 들어갔다. 내 존재 따위에 눈길을 주는 애는 아무도 없었다. 다행이라고 가슴을 쓸어내리면서도 어쩐지 더욱 비참해졌다.

다빈이는 보이지 않았다. 여왕벌처럼 어디에서든 눈에 띄는 애니까 내가 못 보았을 리는 없다. 소문처럼 데뷔조로 옮긴 걸까? 처음 보는 애도 있었다. 혹시 나 대신 새로 들어온 애일까?

걔도 아이돌 준비 아카데미 출신일까? 아니면 나처럼 길에서 캐스팅된 운 좋은 애일까?

갑자기 참을 수 없이 허기가 밀려왔다. 배 속에서 아귀들이 위장 벽을 갈고리 같은 손톱으로 마구 긁어 대며 아우성을 치는 것만 같았다. 쓰레기 더미 위에 놓인 피자 박스가 눈에 들어왔다. 나는 재빨리 주위를 한번 둘러보았다. 그러고는 떨리는 손으로 피자 박스를 열었다. 먹다 남은 피자가 한 조각 남아 있었다. 손이 제멋대로 그것을 잡아채서 순식간에 입 안에 욱여넣었다.

'무슨 짓이야! 더러워! 당장 뱉지 못해!'

머리가 외치는 소리에도 혀와 이는 아랑곳하지 않고 피자 조각을 씹고 삼켰다.

우욱!

욕지기가 치밀어 올랐다. 나는 길바닥에 무릎을 꿇고서 집요하게 식도를 타고 내려가는 그것들을 최선을 다해 게워 냈다. 사람들이 나를 힐끔거리며 지나갔다. 눈가에 맺힌 눈물이 후드득, 토사물 위로 떨어졌다.

…그때 호야 말을 들었으면 어떻게 됐을까? 내가 조금만 더 용기를 냈더라면. 그랬다면 지금처럼 이렇게 비참한 기분은 아닐까?

호야, 너 지금 어디에 있니?

09
이재욱

동우에게.

나 같은 애한테도 살아야 할 이유가 있을까?

미안해. 시작부터 이딴 소리를 해서. 하지만 아침에 눈을 뜨면 가장 먼저 드는 생각이 그거야. 어젯밤에도 늦게까지 잠들지 못하고 뒤척였어. 그러다 날이 어슴푸레 밝아 올 무렵 자리에서 일어나 또다시 나만의 의식을 치렀어.

처음 이 일을 시작할 때가 또렷이 떠올라. 날카로운 커터 칼날이 스탠드 불빛에 비쳐 번쩍일 때, 모처럼 가슴이 두근거렸어. 상처 입는 사람은 나, 상처를 입히는 사람도 나. 그건 내게 묘한 쾌감을 주었어. 현실에서는 늘 상처 입는 쪽만 나였는데 말이야.

어느새 이제는 날마다 잠들기 전 치르는 하나의 의식처럼 되어 버렸어. 내가 할 수 있는, 또는 해야 하는 단 하나의 일.

미안해, 동우야. 지금 네가 어떤 표정일지 상상이 가. 눈물을 글썽거리며 울음을 터뜨리기 직전의 얼굴이겠지. 왜 그렇게까지 됐냐고, 나에게 따져 묻는 네 목소리가 들리는 것만 같다.

식탁 위에 반찬 통이 놓여 있어. 멸치볶음이야. 네가 제일 좋아하던 반찬이지. 냄비엔 김치를 넣고 끓인 콩나물국이 가득 있고. 생각해 보니 이것도 네가 잘 먹던 음식이구나. 얼큰한 국을 어린것이 땀 뻘뻘 흘려 가며 잘도 먹는다면서 엄마가 기특해했잖아.

엄마는 새벽 5시에 일하러 나가면서 꼭 이렇게 내가 먹을 아침을 준비해 놓아. 엄마는 아침밥이나 챙겨 먹고 나갔을까? 아닐 거야. 밥통에 손도 대지 않은 새 밥에서 김이 모락모락 나는 걸 보면. 나만 없으면 엄마는 이렇게 고생하지 않아도 될 텐데. 내가 얼른 사라져 주는 게 엄마를 위한 길은 아닐까?

너도 기억나지? 누나는 어릴 때부터 공부를 잘했잖아. 고3 때 성적이 꽤 좋았는데도 장학금을 받는 조건으로 취업이 잘된다는 전문대에 들어갔어. 대학에 다니면서도 알바를 몇 개나 하는지 몰라. 그렇지만 나는 누나처럼 할 자신이 없어. 내가 기껏 할 줄 아는 거라고는….

"넌 컴퓨터 잘하잖아. 새로운 프로그램도 금방 배우고."

그건 누나가 몰라서 하는 소리야. 게임 좀 하는 애들이라면 누구나 나만큼은 하는걸. 나는 기껏해야 밥이나 축내면서 불쌍한 엄마 고생만 시키는….

"식충이! 제육볶음! 돼지 새끼!"

그래, 애들 말이 다 맞아.

"도대체 너는 학교엔 왜 오는 거냐? 연필도, 교과서도 없고. 수업 시간에는 졸기만 하고 공부는 하나도 안 하면서."

어느 날 수학쌤이 인상을 팍 쓰고 내게 물었어. 그래, 이렇게 커 봐야 나는 평생 엄마한테 짐만 될 거야. 너도 그렇게 생각하지? 그렇지만 나는 죽을 용기도 없어. 날마다 손목에 칼을 대긴 하지만 진짜로 확 그을 용기는 없어. 너무 아플 것 같아. 그냥 아픔 없이 짠, 하고 이 세상에서 영영 사라져 버릴 수는 없을까? 마법처럼.

생각해 보니 마법이 통한 날도 있기는 했어. 2주 전쯤이었나. 향수를 뿌리면 마치 투명 인간이 된 것처럼 사람들이 나를 알아 보지 못하게 만드는 마법 말이야. 그날은 김승현도 다른 애들도 나를 건드리지 않았어. 내가 교실에 없는 것처럼 본 척 만 척했어. 어차피 내게 좋은 의도로 말 거는 애는 없으니까 나는 아무도 내게 신경 쓰지 않는 걸 다행으로 여겼지. 그리고 최대한 애들 눈에 띄지 않으려고 더 조심했어.

마법이 너무 잘 통한 탓이었을까? 눈을 떠 보니 텅 빈 과학실이었어. 5교시 과학 시간에 졸음이 쏟아져서 책상에 엎드린 것까지는 기억이 났어. 주변이 조용한 걸 보고 이미 6교시가 시작됐다는 걸 알았지. 아무도 나를 깨우지 않아서 그때까지 내처 자 버린 거야. 수업에 늦게 들어가면 또 혼날 텐데 걱정하며 과학실 문을 열려고 할 때, 복도 구석에 서 있는 애들이 보였어.

나는 재빨리 문 안쪽에 숨었어. 투명 인간 마법을 여기에서 끝내고 싶지 않았거든. 들키면 또 "제육볶음 넌 여태 뭐 하는 거냐? 돼지 새끼." 어쩌구 할 테니까. 엿들을 생각은 아니었어. 하지만 열린 문틈으로 말소리가 들렸어.

"근데 갑자기 왜 그래? 무슨 일 있었어?"

"아니야, 됐어."

나는 슬금슬금 문 쪽으로 다가가 문틈으로 밖을 내다보았어. 호야가 걱정스러운 표정으로 옆에 있는 애한테 말하고 있었어.

"너 괜찮아? 그날, 처음 아니지? 심각한 거면 경찰에 신고…."

"처음이야. 앞으론 안 그러실 거야. 그날은 술을 많이 드셔서…. 다시는 안 그러겠다고 엄마랑 나한테 약속하셨어."

호야와 이야기하는 애는 문에 가려서 보이지 않았어. 누구인지 보려면 문을 더 열어야 했지만 그러면 나도 들킬 것 같아 망설여졌어. 내가 아는 목소리였거든. 정말 내가 생각한 애가 맞는지 궁금해서 미칠 지경이었지. 나는 문 뒤에서 똥 마려운 강아지처럼 끙끙대며 기다렸어.

이윽고 멀어지는 발소리가 들렸어. 나는 향수의 마법이 지속되기를 마음속으로 빌며 조심스럽게 문을 열고 밖을 내다보았어. 호야와 함께 걸어가는 빡빡머리를 확인하고 나는 고개를 갸웃거렸어. 일진 형들이나 쌤들한테도 눈 하나 깜짝 않고 대드는 서일교가 호야한테 그렇게 쩔쩔매다니, 대체 무슨 비밀이 있길래 그런 걸까?

나는 혹시라도 들킬까 봐 과학실에 조금 더 숨어 있다가 나왔어. 수업 시간에는 어차피 늦었으니 에라 모르겠다는 심정이었지. 그런데 그때 복도 앞쪽에 있는 음악실에서 누가 나오는 걸 봤어. 키가 크고 호리호리한 남학생이었는데 출석부를 옆구리에 끼고 있더라고. 걔가 서둘러 뛰어가 버리는 바람에 누군지 확실히는 못 봤지만, 뒷모습이 눈에 익은 것 같긴 했어.

교무실을 지날 때는 발뒤꿈치를 들고 살금살금 걸었어. 나만 보면 늘 혀를 끌끌 차는 수학쌤이 당장이라도 고개를 내밀고 호통을 칠 것 같았거든. 나는 최대한 벽에 바짝 붙어 교무실 창문 너머를 힐끔거렸어. 쌤들이 다 수업하러 갔는지 교무실은 텅 비어 있고 염하은 혼자 담임쌤 자리에서 뭘 찾고 있었어.

내가 동우 너한테 염하은 얘기를 한 적이 있던가? 엄청 예쁘고 인기도 엄청 많은 애야. 나랑은 정반대라고 하면 딱 맞지. 근데 그날은 좀 이상했어. 뭐에 쫓기는 사람처럼 초조하고 절박해 보였거든.

"도대체 학습지가 어디 있다는 거야."

염하은은 짜증을 내며 책상 위를 함부로 뒤지고 있었어.

"이건가?"

그러고는 두툼한 종이 뭉치를 꺼내서 넘겨 보다가, 갑자기 일시 정지 버튼을 누른 것처럼 꼼짝도 하지 않는 거야. 평소에도 하얀 얼굴이 창백하게 질려서 그땐 아예 유령 같아 보일 정도였어. 염하은은 두리번거리며 주위를 살피는가 싶더니, 종이 한 장을 북 찢어서 그대로 주머니에 쑤셔 넣고 교무실을 나왔어. 나는 얼른 신발장 옆에 몸을 숨겼어. 다행히 이번에도 마법이 통했는지 염하은은 나를 발견하지 못했지.

염하은이 뭘 찾았길래 그렇게 놀랐고 또 그걸 찢어서 몰래 가져가기까지 했는지 몹시 궁금했어. 하지만 교무실까지 들어가 확인해 볼 여유가 내겐 없었어.

"이재욱! 너 수업 시간에 왜 돌아다니고 있어!"

갑자기 수학쌤이 나타나 버럭 소리를 질렀기 때문이야. 그날의 마법은 그것으로 끝이었어.

동우야, 진짜 이상한 날이었지?

오늘은 여기까지만 쓸게. 안녕.

10
심예슬

　하은이가 손을 흔들고는 가 버렸다. 어디 가는지 말도 안 해주고.

　확실히 하은이와 내 관계가 예전 같지는 않다. 그래도 나, 오늘 잘한 거 맞겠지? 이제 충분히 알아들은 것 같다고 말하면서 하은이가 웃을 때 느낌이 좀 쌔하기는 했다. 아, 모르겠다. 친구 관계는 수학 문제보다 더 어렵다. 어쩌면 세상에서 가장 풀기 어려운 문제가 아닐까? 나에겐 이렇게 어려운 문제를 척척 풀어내는 애가 바로 호야였다.

　호야는 여러모로 좀 특이한 애였다. 사실 내 데이터에 따르면, 호야는 왕따가 될 만한 조건은 다 갖추고 있는 셈이었다. 남자앤

데 늘 메이크업하고 다니는 것도 그렇고, 공식 왕따 이재욱을 대놓고 나서서 감싸 주는 것도 그랬다. 하지만 애들은 호야를 따돌리기는커녕 다들 좋아했다.

호야가 인기 있는 데에는 뛰어난 메이크업 솜씨가 한몫한 것도 있다. 1학년 때부터 전교에 소문이 나서 졸업 앨범을 촬영하는 날이면 호야한테 메이크업 받는다고 3학년 언니들이 예약해 놓고 아침부터 줄을 서기까지 했다. 평소에도 호야한테 메이크업을 해 달라거나 가르쳐 달라는 애들이 많았다. 그렇지만 호야의 인기 비결이 꼭 그것만은 아니었다.

호야는 언제나 웃는 얼굴이었고, 누구에게나 친절했다. 나는 호야가 누구한테 화를 내거나 욕하는 모습을 한 번도 본 기억이 없었다. 그래서 호야를 볼 때마다 늘 '도대체 얜 뭐지?' 하는 생각이 들곤 했다. 가끔 호야를 보면 내 또래 지구인이 아닌 듯한 느낌마저 들었다.

호야가 왜 그렇게 인기가 많은지 비로소 확실히 알게 된 건 얼마 뒤였다. 학원에 가는 길이었는데, 나무놀이터를 지나가다가 벤치에 호야가 혼자 앉아 있는 걸 보았다.

그때까지만 해도 나는 호야랑 딱히 친한 사이가 아니었다. 하은이가 기획사에 보낼 프로필 사진을 찍을 때 호야가 메이크업을 도와주었다고 들었다. 그러면서 둘은 엄청 빨리 가까워졌고, 나중에는 하은이가 연습실에 갈 때도 호야를 데려가는 눈치여서 나는 좀 소외감을 느끼고 있었다. 하은이네 기획사에 유명한 연예인이 소속되어 있진 않았지만 그래도 호기심에 한 번쯤 구경하고 싶었는데, 한 번도 데려가 주지 않았던 것이다. 하은이가 명색이 단짝인 나는 제쳐 두고 호야만 데리고 다니니 호야를 향한 내 감정이 좋기만 할 순 없었다.

학원 시간까지는 여유가 있었고 하은이는 연습실에 가서 딱히 놀 사람이 없어 심심하던 참이었다. 그때 마침 호야랑 눈이 딱 마주쳤다.

"예슬아!"

호야가 나를 보고 활짝 웃으며 손을 흔들었다. 나는 썩 내키진 않았지만, 호야 쪽으로 발걸음을 옮겼다. 그때 바로 학원으로 갔으면 그 모든 일이 일어나지 않았을까? 이제는 후회해도 소용없지만 말이다.

"오늘은 하은이랑 같이 연습실 안 갔나 봐?"

내 질문에 호야는 잠시 멈칫하더니 싱긋 웃었다.

"아, 그거. 하은이가 갈아입을 옷을 교실에 두고 갔다고 급히 부탁해서 가져다주느라 갔던 거야. 마침 내가 학교에 남아 있었거든."

마치 그동안 서운했던 걸 다 알고 있다는 듯, 호야는 부드럽게 내 마음을 풀어 주었다. 한마디로 호야를 향한 마음의 빗장이 단숨에 열리는 느낌이었다. 나중에 조민정 쌤 책상 위에 있던 호야의 꿈 이야기를 우연히 읽고 나서야 비로소 그 이유를 알게 되었다. 호야는 온 마음을 기울여 내 말을 들어 주고, 내 마음에 공감해 주려고 최선을 다했던 것이다.

나는 호야와 벤치에 나란히 앉아 노닥거렸다. 요즘 여드름이 많이 생겨 고민이라고 했더니, 호야가 써 보라면서 가방에서 티트리팩을 꺼내 주었다. 호야가 자주 보는 유튜브 채널도 추천해 주고 얼굴이 작아 보이는 메이크업 방법도 가르쳐 주었다.

호야와 나는 마음이 척척 맞았다. 우리는 온갖 이야기를 하며 쉴 새 없이 깔깔거렸다. 누굴 놀리지도 않고 누구 험담을 하지도 않으면서 이렇게 재미있게 놀아 본 게 얼마 만인지 몰랐다.

그즈음 나는 마음이 몹시 답답했다. 같이 장난치고 떠드는 애들은 많았지만 진짜 마음을 털어놓을 수 있는 친구는 없었다. 가장 가까운 친구는 하은이였지만 내 마음을 가장 숨겨야 할 친구 역시 하은이였다. 아무한테도 말할 수 없는 마음이 날이 갈수록 제멋대로 커지고 있었다. 호야와 수다를 떨면서 그동안 꼭꼭 숨겨 놓았던 비밀을 자꾸만 털어놓고 싶어졌다.

어느새 학원에 가야 할 시간이 지나고 있었지만 나는 일어서기 싫어 뭉그적거렸다. 그러다 나도 모르게 그 말이 튀어나오고 말았다.

"근데 말이야, 서일교가 대학생 누나랑 사귀었다는 소문 진짜일까? 뭐, 우리 반 여자애들한테 관심 없는 건 확실하고."

호야가 씩 웃었다.

"예슬이 너, 일교한테 관심 있구나?"

나는 벼락을 맞은 것처럼 놀라 주위를 재빨리 살폈다.

"아니거든! 너 어디 가서 그런 말 하면 큰일 나!"

"왜?"

"하은이가 걔 좋아하잖아."

"아아."

더는 아무 말도 안 했지만, 호야는 다 이해한다는 듯 고개를 크게 끄덕였다.

"예슬이 너, 많이 힘들었겠다."

그 순간 나도 모르게 눈물이 터져 나왔다. 그동안 하은이 눈치를 보면서 마음 졸이며 켜켜이 쌓인 억울함도 같이 터져 나왔다. 나는 그만 펑펑 울고 말았다. 호야는 곱게 접은 손수건을 건네주고 말없이 내 곁을 지켜 주었다.

실컷 울고 나자 마음이 한결 가뿐해졌다. 마음속을 한 차례 휩쓴 폭풍이 물러가자마자 쪽팔림이 파도처럼 밀려왔다. 훌쩍거리며 민망해하는 내게 호야가 말했다.

"코 풀어도 돼. 그거 이천 원짜리 짝퉁이야."

나는 손수건에 코를 박고 쿡, 웃어 버렸다.

"누굴 좋아하는 마음은 잘못이 아니잖아. 네 마음이 흘러가는 걸 억지로 막을 수도 없는 노릇이고. 그냥 자연스러운 게 가장 좋은 거 아닐까? 미래는 어떻게 될지 모르지만 말이야."

"하지만 하은이가 알면…."

"하은이는 좀 서운할 수 있겠지. 하지만 하은이가 일교랑 사귀는 사이도 아니고, 하은이도 그냥 혼자서 일교를 좋아할 뿐이잖아? 그리고 진정한 친구라면 하은이도 한 번쯤은 네 처지에서 생각해 줄 거야."

호야의 위로는 눈물 나도록 고마웠다. 하지만 아무래도 하은이가 그럴 것 같지는 않았다.

우리는 한참을 더 이야기했다. 나는 처음으로 누군가에게 서일교를 좋아하는 마음을 털어놓으니 정말 좋았다. 서일교 이야기를 하고 또 하고, 또 하고 싶었다.

"서일교 걘 정말 무서운 게 아예 없나 봐. 옆에서 보기 조마조마할 때가 한두 번이 아니라니까. 근데 원래 겉으로 센 척하는 애들이 알고 보면 마음이 여린 경우가 많잖아. 서일교도 왠지 그럴 것 같아."

"예슬이 너, 일교 진짜 좋아하는구나."

"그럼 뭐 해. 고백은커녕 티도 못 내는데. 걔가 내 이름을 알기나 할까 모르겠다. 참, 서일교 걔는 축구 하고 나서 왜 그렇게 수돗물을 퍼마셔? 음료수를 사다 주고 싶어도 하은이 눈치 보여서…. 서일교는 무슨 음료수를 좋아할까? 아, 서일교가 좋아하는 걸 딱 갖다주면 날 좀 특별하게 봐 줄지도 모르는데."

호야는 한숨을 푹푹 내쉬는 나를 가만히 바라보면서 고민에 빠진 얼굴이었다. 그러더니 드디어 큰 결심을 한 듯 말했다.

"일교, 바나나우유 좋아한대."

"엥? 바나나우유 먹는 거 한 번도 못 봤는데?"

"진짜야. 나도 바나나우유 무지 좋아하거든. 전에 우연히 동네에서 만난 적 있는데 같이 바나나우유를 마셨어. 그때 일교가 그러더라. 자기는 바나나우유 제일 좋아한다고."

"정말? 대박! 서일교랑 진짜 안 어울린다."

"그치? 나도 그 생각 했어, 크크."

"서일교가 또 뭐 좋아하는데?"

"어허. 그건 공짜로 가르쳐 줄 수 없지."

"뭐야, 호야 너!"

호야에게 내 마음을 털어놓은 바로 다음 날, 아침부터 기분이 가라앉아 보였던 서일교가 수학 시간에 의자를 집어 던지고 교실을 뛰쳐나갔다.

이번엔 진짜 강제 전학을 가게 될 거라고 반 애들이 수군거리는 속에서 혼자 자리에 엎드려 있는 서일교를 보며 마음이 아팠다. 겉으로는 센 척해도 마음은 안 그럴 텐데, 애들이 하는 말 다 들릴 텐데, 지금 어떤 기분일까. 조금이라도 서일교에게 힘이 되어 주고 싶었다.

마침 그날 하은이는 아파서 결석을 했다. 학교 앞 편의점까지 뛰어가서 서일교가 가장 좋아한다는 바나나우유를 샀다. 그러고는 엎드려 있는 서일교 책상 위에 슬쩍 올려두고는 도망치듯 교실을 나왔다.

그런데 그 이튿날, 하은이가 나한테 강펀치를 날린 것이다. "그럼 서일교한테 바나나우유 갖다주는 건? 그건 꼬리 치는 거 맞지?"라고.

하은이에게 그 말을 전할 사람은 당연히 호야밖에 없다고 생각했다. 그럴 수밖에 없었다. 내가 마음을 털어놓은 사람이 호야밖에 없었고, 나한테 바나나우유 얘기를 해 준 사람도 호야였기 때문이다. 하은이한테 온갖 변명을 해서 겨우 수습은 했지만 호야한테 얼마나 배신감을 느꼈는지 모른다. 그때 토요일에 나무 놀이터로 오라는 호야의 초대 메시지를 받았다. 진정한 친구 어쩌구 하더니, 나를 두고 장난하나 싶었다.

머리끝까지 화가 나 있던 참에 하필이면 그 애의 전화를 받았다. 게다가 그 애가 폭로한 호야의 비밀을 듣고는 완전히 뚜껑이 열려 버렸다. 지금 생각하면 그날 나는 꼭 폭주하는 기관차 같았다. 집으로 돌아오는 내내 찜찜했지만, 애써 떨쳐 버리려 했다. 내가 느낀 배신감을 되갚아 준 것뿐이라고 생각하면서.

그런데 만약 그게 아니었다면…?

민정 쌤이 내게 물었다. 호야가 왜 결석하는 것 같냐고. 나는 대답하지 못했지만 사실 답을 알고 있다. 호야는 나 때문에 사라진 거다. 바로 바보 같은 나 때문에.

호야는 정말 좋은 친구였다. 그리고 나는 호야처럼 좋은 친구를 가질 자격이 없다.

11
염하은

호야를 연습실로 부른 건 정말 어쩔 수 없어서였다. 각각의 영역 사이에 교집합을 만들지 않는 것은 그동안 내가 확고하게 지켜 온 원칙이었다. 학교에서는 떠도는 소문이면 충분하다. "쟤아이돌 연습생이래.", "길거리 캐스팅됐대.", "얼마나 예쁘면.", "곧 데뷔조에 들어갈 거래." 소문은 알아서 제 몸뚱이를 부풀려 간다. 얼마나 편리한가. 그러나 연습실 생활이 공개되는 순간 신비감은 사라지고 만다.

그 점을 누구보다 잘 알기에 나는 그 원칙을 지키려고 아등바등 애를 썼다. 하지만 언제나 그랬듯 운명의 여신은 나를 비웃으며 뒤에서 내 머리끄덩이를 잡아챈다.

그날은 '하필이면'의 날이었다. 연습 시간에 늦지 않으려고 종례가 끝나자마자 죽어라 뛰었지만, 하필이면 막 출발하는 버스를 놓치고 말았다. 택시를 타고 싶었지만, 할머니한테 받은 쥐꼬리만 한 용돈은 진작 다 써 버리고 없었다. 발을 동동 구르다 겨우 다음 버스를 타고 연습실 앞에 도착하니 이미 시작 시간을 한참 넘긴 뒤였다.

계단을 두 칸씩 헐레벌떡 뛰어올라 숨을 헐떡이며 연습실 문을 열었을 때, '하필이면' 머야 실장님과 눈이 딱 마주쳤다. 순간 실장님의 뿔테 안경 위로 한쪽 눈썹이 못마땅한 곡선을 그리며 치켜 올라갔다. 그리고 내뱉은 한마디는, "머야?" 그게 다였다.

다른 사람들 같으면 지금 몇 시냐, 제정신이냐 하는 식의 잔소리 폭격을 퍼붓거나 너 그딴 식으로 하면 데뷔조 못 들어간다는 식의 협박을 늘어놓았을 거다. 하지만 머야 실장님은 단 한 마디로 상대를 주눅 들게 하는 재주가 있다. 그게 바로 '머야?'이다. ─머야 실장님이 머야 실장님이 된 이유이기도 하다.─ 성대모사를 곧잘 하는 애들조차 따라 하기 쉽지 않은 특유의 말투에는 우아함과 기품이 한껏 깃들어 있다. 기가 막힌다는, 차마 못 볼 꼴을 보았다는 눈빛과 어우러지면 그 앞에 선 연습생은 치명적인 내상을 입고 만다.

더구나 연습생들의 일거수일투족을 감시하며 다음번에는 누구를 쫓아낼지 궁리하는 게 머야 실장님의 임무다. 그래서 연습실에 머야 실장님이 뜨는 날에는 다들 꼬투리를 잡히지 않으려고 몸을 사린다. 그런데 '하필이면' 보란 듯이 내가 지각을 하고 만 것이다.

서둘러 옷을 갈아입으려고 로커룸 문을 연 순간, 또 한 번 아차 싶었다. 세탁해서 가져오려던 운동복을 교실에 두고 온 것이다. …망했다. 할 수만 있다면 문을 잠그고 여기서 영영 안 나가고 싶었다. 가뜩이나 '그 일' 때문에 머야 실장님 눈 밖에 난 상황에서 이런 실수까지 하다니.

처음 P엔터테인먼트의 명함을 건네받은 날, 나는 세상을 다 가진 기분이었다. 애들이랑 로드숍에서 신상 틴트를 발라 보고 있을 때, 낯선 남자가 다가와 말했다.

"학생, 오디션 보러 한번 와 볼래?"

그 남자가 내민 명함 한 장은 나를 다른 세상으로 데려가 줄 마법의 티켓처럼 보였다.

오디션을 보고 합격 통지를 받은 순간까지의 기쁨은 연습실에 처음 온 날부터 책가방 안에서 며칠 묵은 쿠크다스처럼 산산이 부서져 버렸다. 연습실에 모인 애들은 하나같이 TV에서 갓 튀어나온 듯이 날씬하고 예뻤다. 걸친 운동복도 하나같이 명품 브랜드였다. 내가 아는 브랜드를 발견하면 가격이 떠오르면서 입이 쩍 벌어졌고, 모르는 브랜드면 틀림없이 비싼 걸 텐데 나는 알지도 못한다는 사실에 더 기가 죽었다.

게다가 다들 춤과 노래 실력이 보통이 아니었다. 내일 당장 무대 위에 올라가도 전혀 손색이 없을 것 같았다. 알고 보니 누구는 해외 투어 오디션에서 뽑혀 왔다 하고, 또 누구는 아이돌 준비 아카데미 대회에서 우승했다고 했다. 아무것도 아닌 애는 나뿐인 듯했다. 나는 단박에 움츠러들고 말았다.

본격적인 트레이닝이 시작되면서 상황은 점점 나빠졌다. 긴장한 팔다리는 더욱 뻣뻣해져서 제멋대로 움직이기 일쑤였고, 자신감이 없으니 발성조차 제대로 되지 않았다. 기본기를 익히는 트레이닝 시간 내내 나는 혼나기만 했다.

매의 눈으로 연습 상황을 지켜보던 머야 실장님은 턱으로 나를 가리키며 한심하다는 듯 말했다.

"쟨 대체 누가 데려왔니?"

그 말은 날카로운 비수가 되어 내 마음에 깊이 꽂혔다. 그 뒤로 나는 머야 실장님만 보면 얼음이 되어 버리곤 했다. 머리로는 그럴수록 웃으면서 인사도 더 살갑게 하고 다른 애들처럼 알랑거리는 말도 해야 한다고 생각했지만 그게 잘 안 됐다. 그런데 연습 시간에 지각한 데다 운동복을 두고 오는 실수까지 하다니. 눈앞이 캄캄해졌다.

그 순간 떠오른 사람이 호야였다. 친구들 메이크업을 해 줘야 해서 학교에 늦게까지 남을 거라고 한 말이 생각난 것이다. 교집합이고 신비감이고 그런 걸 따질 때가 아니었다. 더구나 스마트폰 배터리마저 얼마 없었다. 내내 말썽을 부리던 카메라 어플이 연습실까지 달려오는 동안 주머니 속에서 또 제멋대로 실행된 모양이었다. 스마트폰 바꿔 달라고 했다가 할머니한테 폭풍 잔소리만 들은 게 생각나 짜증이 머리끝까지 올라왔다. 다행히 남은 배터리로 간신히 호야에게 연락할 수 있었다. 교실에 두고 온 운동복을 가지고 빨리 연습실로 와 달라고.

호야는 정말 금세 도착했다. 급해 보여서 택시를 타고 왔다고 했다. 나처럼 계단을 뛰어 올라왔는지 거친 숨을 몰아쉬는 호야를 보니 뭉클할 정도로 고마웠다.

"나 연습실 처음 와 보는데, 밖에서 조금만 구경하다 가도 돼?"

눈을 반짝이는 호야에게 차마 안 된다고 할 수가 없었다. 어차피 시간이 꽤 지나 있던 터라 연습은 오래지 않아 끝났다. 문제가 터진 건 그다음이었다.

호야에게 자판기 음료수라도 뽑아 주려고 같이 휴게실로 향했을 때였다. 우리 팀 애들이 삼삼오오 모여 있는 쪽에서 '염하은' 내 이름이 똑똑히 들렸다.

"걔 진짜 뻔뻔스럽지 않냐?"

"다빈이 키링 따라 달고 다닐 때부터 알아봤어."

"양심은 갖다 버렸나 봐. 어떻게 그럴 수가 있지?"

"난 처음부터 염하은이랑 같이 미션 하기 싫었어."

나는 그 자리에 우뚝 멈춰 서고 말았다. 호야도 들었는지 내 눈치를 살피는 기색이 느껴졌다. 수군거림은 계속 이어졌다.

"이건 인성 문제지. 도둑질이나 마찬가지잖아."

"머야 실장님한테 얘기해야 하는 거 아니야?"

"알고 계시겠지."

"근데 그냥 넘어가? 당장 쫓아내지 않고."

"이번에도 또 다빈이가 감싸 줬겠지."

"와, 다빈이 정말 천사다, 천사. 나 같으면 그냥."

더 듣고 있을 수가 없었다. 억울함, 분노, 원망, 서러움…. 뭐라고 이름 붙여야 할지 모를 감정이 마구 올라와 활화산처럼 폭발하기 직전이었다. 나는 휙 몸을 돌려 뛰다시피 휴게실을 빠져나왔다. 호야가 내 뒤를 따라왔다.

"하은아, 괜찮아?"

호야의 걱정스러운 얼굴과 마주하자 기다렸다는 듯 눈물이 쏟아졌다. 어린애처럼 엉엉 우는 내내 호야는 내 곁을 가만히 지켜 주었다.

"대체 무슨 일이야?"

나는 눈에 눈물방울을 그렁그렁 매단 채로 호야를 바라보았다. 그 순간 내 이야기를 들어 줄 사람이 곁에 있다는 게 그렇게 고마울 수가 없었다. 하지만 입이 쉬이 떨어지지 않았다. 그동안 호야를 포함해 애들에게 보여 준 내 모습과는 완전히 다른, 진짜 내 바닥을 드러내려니 도대체 어디부터 이야기를 시작해야 할지 몰랐다. 호야는 그런 나를 가만히 바라보다 대뜸 내 손을 잡아끌었다.

"떡볶이 먹으러 가자."

우리는 길 건너에 있는 분식집으로 갔다. 매운맛 떡볶이로 유명한 집이었지만 떡볶이는 다이어트의 천적이라 지나치기만 했던 곳이다.

"사장님, 떡볶이 2인분이요. 매운맛 5단계로 주세요."

호야가 큰 소리로 주문하자 사장님이 걱정스러운 말투로 물었다.

"5단계는 진짜로 입에서 불나는데? 학생들 먹을 수 있겠어?"

"괜찮아요. 저희 매운 거 잘 먹어요."

나는 시뻘건 국물이 걸쭉하게 묻어 있는 떡볶이를 하나 집어 올렸다. 얼마 만에 맛보는 떡볶이인지. 이걸 먹고 나면 몸무게가 2킬로그램은 불어날 것 같았지만 에라 모르겠다는 심정으로 한입에 덥석 넣었다. 맵다 못해 혀는 물론 목구멍까지 타들어 가는 느낌이었다. 호야는 나보다 한술 더 떴다. 캑캑거리면서 기침을 하더니 눈물까지 줄줄 흘렸다. 콧물에 이어 땀까지, 얼굴에 있는 모든 구멍이란 구멍에서 액체를 쏟아 내는 것 같았다. 나는 큭큭 웃으며 핀잔을 주었다.

"뭐야, 너 매운 거 진짜 못 먹네. 근데 왜 5단계 시켰어?"

"이렇게 매울 줄은 몰랐지."

호야가 눈물을 닦으며 배시시 웃었다.

극도로 매운맛이 뇌까지 마비시켜 버린 듯했다. 먹는 동안은 팀 애들이고 뭐고 아무 생각도 나지 않았다. 우리는 땀을 뻘뻘 흘리며, 눈물인지 콧물인지 분간되지 않는 것들을 부지런히 훔치며 매운 떡볶이 한 그릇을 싹싹 비웠다. 가게를 나오자 둘 다 얼굴이 떡볶이 국물처럼 벌겋게 물들어 있었다. 우리는 서로를 놀리며 깔깔 웃었다.

내가 스마트폰을 꺼내 들었다.

"이런 건 사진으로 남겨 놔야 해. 우울할 때마다 봐야지."

"아, 싫어. 화장 다 지워지고 완전 찐따 같잖아."

호야는 질색을 했지만 나는 기어이 우리의 모습을 셀카로 찍었다.

편의점에서 제로 콜라 한 캔씩을 사서 나무놀이터로 갔다. 벤치에 앉아 콜라를 벌컥벌컥 마시고 호야가 말했다.

"어휴, 이제 좀 살 것 같다."

"너, 나 때문에 일부러 5단계 시킨 거지?"

호야가 나를 물끄러미 바라보았다.

"나 실컷 울게 해 주려고. 맞지?"

"아닌데."

호야가 고개를 숙이고 말했다.

85

"내가 울고 싶어서 그런 거야."

나는 순간 멈칫했다.

"뭔지는 몰라도 내 친구 염하은이 억울한 일을 겪는 거 같은데, 혼자 참는 게 너무 안쓰럽고 속상해서."

나는 아무 말도 할 수 없었다. 그냥 눈물만 또 비죽비죽 흘렀다. 나는 훌쩍이면서 그제야 그동안의 일들을 두서없이 쏟아 냈다.

"기획사에서 연습생들을 대상으로 매달 평가하려고 다양한 미션을 준단 말이야. 보통은 노래나 춤인 경우가 많은데, 얼마 전에는 작사가 쌤이 특별한 제안을 하나 했어. 우리 회사에서 곧 데뷔시킬 그룹의 앨범을 작업하는 중인데 연습생들의 솔직한 내면을 담은 곡을 하나 넣고 싶다면서 우리더러 글을 써서 내라는 거야. 내가 글을 잘 쓰는 건 아니지만 그동안 마음이 힘들 때마다 일기장에 끄적이던 게 꽤 있었거든. 사실 그동안 회사 들어온 뒤로 너무… 맘이…."

나는 차마 말을 잇지 못했다. 외모는 물론이고 노래나 춤 실력까지, 내가 봐도 우리 팀에서 내가 제일 바닥이었다. 어떻게든 따라가 보려고 연습실 바닥에 지쳐 쓰러질 때까지 연습해 봤지만, 실력은 기대만큼 쑥쑥 늘지 않았다. 알고 보니 몇몇 애들은 개인 트레이너를 두고 특별훈련까지 따로 받는 모양이었다. 슬쩍 물어보니 수강료에 연습실 대여료에, 도저히 내가 감당할 수 있는 수준이 아니었다. 몸매며 얼굴이며 다들 어쩜 저리 완벽할까 궁금했는데, 그것도 다 이유가 있었다.

"승아 걔, 종아리 알 깨끗이 빠졌더라? 보톡스 새로 했대?"

"걔네 아빠가 성형외과 원장이잖아. 지난 연휴에 눈 앞트임 하면서 승모근이랑 종아리 보톡스도 같이 했대."

"부럽다. 승아는 아빠가 완벽하게 관리해 주겠네."

"너희 이모는 피부과 한다며. 관리 예약 잡는 것도 일인데 알아서 다 해 주잖아."

"우리 이모 병원에는 최신 기계가 없어서 별로야. 해리는 천만 원짜리 관리 받는다는데? 피부가 완전 도자기잖아."

그런 대화에 나는 아예 낄 수조차 없었다. 옆에서 대충 웃으며 맞장구나 칠 뿐이었다. 할머니가 주는 용돈으로는 다이소에서 파는 천 원짜리 팩조차 매일 붙이기 힘들었다. 그러니 내 힘으로 할 수 있는 건 오직 굶어서 살을 빼는 것뿐이었다. 매주 금요일마다 머야 실장님 앞에서 몸무게를 재는데, 거기서마저 불합격하면 정말 안 될 것 같았다. 163센티미터 이하는 데뷔 몸무게가 38킬로그램으로 정해져 있었다. 정말 미친 듯이 굶고 또 굶었다. 온종일 손가락 굵기의 고구마 하나, 우유 한 컵으로 버티며 연습까지 마치고 집으로 갈 때면 몸도 마음도 텅 빈 허깨비가 된 것 같았다.

"이런 사정을 아무한테도 말 못 하고, 대신 혼자서 일기장에 끄적였거든. 연습생 생활을 하면서 느낀 점을 가사로 자유롭게 표현해 보라기에 그동안 써 놓은 글을 다시 보면서 열심히 썼어. 그런데 그즈음 애들 사이에서 소문이 하나 돌았어. 곧 데뷔시킬 조에서 멤버 한 명이 개인 사정으로 빠지게 됐는데, 그 자리를 이번 미션에서 뽑히는 애로 채울 거라는 소문이었어. 왜냐면 그 곡을 데뷔 앨범에 넣을 예정인데 곡을 만든 당사자가 멤버 중에 있으면 홍보에도 도움이 될 테니까. 내 글이 뽑히리라고는 당연히 생각도 못 했지. 그런데 글쎄, 내 글이 1등으로 뽑힌 거야."

호야는 마치 일기장처럼 가만히 내 말을 듣고만 있었다. 그래서 나는 호야가 일기장처럼 내 비밀을 지켜 줄 거라고 믿었다. 마지막 말은 끝까지 하지 말았어야 했는데.

"근데 말이야. 글은 분명 내가 쓴 글이 맞는데, 뽑힌 사람 이름은 내가 아니었어."

…내 일에 끼어들지 않겠다고 약속해 놓고서 먼저 배신한 사람은 호야다. 그러니까 호야가 그 일 때문에 학교에 나오지 않고 사라져 버렸다 해도 내 잘못은 아닌 거다.

12
서일교

　수돗물을 마시고 돌아섰을 때, 김강민이 조민정 쌤과 같이 걸어가는 모습을 보았다. 김강민이 계속 이야기를 하고, 쌤은 들으면서 고개를 끄덕이고 있었다. 멀리 떨어져서 무슨 말인지 들리지는 않았지만, 왠지 기분이 찜찜했다. 저 자식 말대로 한 게 과연 잘한 일이었을까? 그동안 한 번도 의심해 보지 않았는데 아까 운동장에서 심예슬을 봤을 때부터 자꾸 그런 생각이 든다. 하여간 느낌이 안 좋은 자식이다.

　1층 화장실에 들어가다가 이재욱과 딱 마주쳤다. 나를 보자마자 이재욱은 흠칫 놀라더니 뒷걸음질을 쳤다. 저승사자라도 만난 듯한 표정이었다. 내가 뭘 어쨌다고? 나는 기분이 확 상했다.

"왜 슬슬 피해? 내가 무슨 전염병 환자라도 돼?"

때린 것도 아니고 이 말만 했을 뿐인데, 이재욱은 단박에 얼굴이 하얗게 질렸다. 그 모습을 보자 나도 모르게 점점 화가 났다.

"진짜 기분 존나 나쁘네. 내가 뭘 어쨌다고 그따위 표정인 건데!"

이재욱이 뒷걸음치다가 뒤에 있던 대걸레 빠는 양동이를 건드렸다. 탕, 소리를 내며 양동이가 쓰러지고 구정물이 쏟아지면서 내 바지에까지 튀었다.

"아, 씨발! 더럽게!"

나는 욕을 하면서 발로 양동이를 걷어찼다. 그 서슬에 놀랐는지 이재욱이 주저앉으며 머리를 감싸 쥐었다. 그러자 갑자기 걷잡을 수 없이 화가 치밀어 올랐다. 마치 어디서 날아온 불씨가 내 마음에 옮겨붙어 커다란 불길이 일어나는 것 같았다.

"네가 뭔데 날 무시해!"

이재욱은 나를 무시한 적이 없었다. 오히려 나를 두려워하고 있었다. 그런데도 내 입에서는 당연하다는 듯이 이런 말들이 터져 나왔다.

"내가 우스워? 내가 만만하냐고, 어?"

미친 불길이 나를 완전히 감싸고 활활 타올랐다. 나는 이제 양동이 대신 이재욱을 발로 차기 시작했다.

퍽, 퍽, 퍽.

머릿속이 텅 비어 버렸다. 누굴 걷어차는 건지, 왜 화를 내는 건지도 몰랐다. 미친 불길이 나를 통째로 집어삼킨 것만 같았다. 그리고 내 마음 한구석에는 희미하지만 분명한 희열감과 쾌감이 악마의 손톱처럼 자라나고 있었다.

"으아악! 그만! 제발 그만해!"

구정물 범벅이 된 이재욱이 바닥에 웅크린 채 소리쳤다. 그 외침이 순간 나를 다른 시공간으로 이동시켰다.

핑그르르.

"그만둬! 제발!"

머리를 감싸 쥐고 웅크린 내가 소리쳤다.

쾅. 의자가 먼저 쓰러지고.

쨍그랑. 소주병이 깨져 유리 조각이 흩어지고.

마침내 엄마가 머리채를 잡힌 채 패대기쳐진다. 악, 소리도 내지 못한 채.

"그만하란 말이야! 엄마 때리지 말라고!"

"너 이 새끼, 감히 아버지한테 대들어? 너도 내가 만만해 보이냐? 어? 내가 우스워?"

"안 돼! 일교 건드리지 마! 차라리 날 때려, 이 인간아."

"어쭈, 이것들이 쌍으로 날 무시해? 어디 한번 죽어 봐! 죽어!"

시뻘건 짐승의 눈. 저건 사람의 눈이 아니다.

저건…?!!

나는 벼락이라도 맞은 것처럼 꼼짝할 수 없었다.

내가 보고 있는 건, 거울에 비친 아버지인가? 아니, 저건 바로 나다. 술에 취해 물건을 부수고 우리를 때리는 아버지와 똑같은 눈빛. 그 순간, 호야의 말이 머리를 스쳤다.

"일교야, 아버지를 이기고 싶지? 그렇다면 먼저 너부터 폭력에서 벗어나야 해. 폭력은 폭력으로 이길 수 없어. 폭력을 이기는 유일한 방법은 폭력을 버리는 것뿐이야."

그때는 그게 무슨 말인지 몰랐다. 호야는 그날 이미 보았던 걸까. 아버지를 죽도록 미워하면서 점점 아버지를 닮아 가는 나를.

그날도 아버지는 술에 취해 들어와 엄마를 때렸다. 나는 참다못해 아버지를 있는 힘껏 떠밀었다. 아버지는 중심을 잃고 쓰러지면서 식탁 모서리에 머리를 찧었다.

쿵.

거인처럼 커다란 아버지가 쓰러졌다. 그 순간 내 심장도 와락 내려앉았다.

아버지는 꼼짝도 하지 않았다. 엄마가 구르다시피 기어가 아버지의 눈꺼풀을 뒤집어 보았다. 뒤돌아보는 엄마 얼굴이 겁에 질려 있었다. 나는 차마 가까이 다가가지 못했다. 너무 무서웠다. 그대로 집을 뛰쳐나왔다. 다리에 힘이 풀려 몇 번이나 주저앉을 뻔했다. 사람들이 곁을 지나갈 때마다 겁이 났다. "살인자,

제 아버지를 죽인 놈!" 그렇게 외치며 나를 노려보는 것만 같았다. 나는 컴컴한 신기천 다리 밑에 쭈그리고 앉아 몸을 잔뜩 웅크렸다. 추운 것도 아닌데 이가 딱딱 부딪치고 식은땀이 등줄기를 타고 흘렀다.

"서일교?"

누가 내 이름을 불렀을 때, 나는 귀신이라도 본 것처럼 소스라쳐 엉덩방아를 찧었다.

"맞지? 어휴, 왜 그렇게 놀라?"

"누, 누구야?"

"나 몰라? 한호연! 우리 같은 반이잖아. 2학년 2반. 하긴 같은 반 된 지 이제 이틀밖에 안 됐으니까."

나는 그때까지 계속 덜덜 떨고 있었다.

"근데 너 어디 아파? 땀도 많이 흘리고."

호야가 검은 비닐봉지에서 주섬주섬 뭘 꺼내더니 빨대를 꽂아 내밀었다.

"이것 좀 마셔 봐."

그건, 바나나우유였다.

순간 눈물이 터져 나왔다. 어릴 때, 목욕탕에 갔다 오는 길에 아버지는 항상 바나나우유를 사 주었다. 아버지가 때를 빡빡 밀어도, 냉탕에서 수영하는 나에게 빨리 나오라고 소리쳐도, 시원하고 달콤한 바나나우유 하나면 모두 용서할 수 있었다. 그 시절 아버지는 다정했고, 술에 취하지도 우릴 때리지도 않았다. 하지만 회사에서 해고당한 뒤로 완전히 딴사람처럼 변해 버렸다.

"일교야, 너 괜찮아?"

짐승처럼 엎드려 흐느끼는 나를 보고 호야가 놀라서 물었다.

"내가, 내가… 아버질 죽였어."

"뭐?"

나는 꺽꺽 울면서 자초지종을 털어놓았다. 호야가 벌떡 일어섰다.

"가 보자. 일단 확인부터 하고 그다음에 대책을 세워야지."

"싫어."

호야는 차분한 목소리로 나를 설득했다.

"사람은 그렇게 쉽게 죽지 않아. 넌 집이 어딘지만 가르쳐 줘. 내가 혼자 가서 확인해 보고 올게."

결국 호야가 우리 집에 다녀올 때까지 나는 다리 밑에서 기다리고 있기로 했다. 시간이 멈춰 버린 것 같았다. 나중에 보니 피가 나는 줄도 모르고 계속 손톱을 물어뜯고 있었다.

호야가 숨을 헐떡이며 멀리서 달려오는 모습이 보였다. 어두워서 표정까지는 보이지 않았다. 피가 마르는 내 마음을 눈치챘는지, 달려오다 말고 호야가 손나팔을 만들어 외쳤다.

"일교야! 아버지 괜찮으셔! 마음 놓아도 돼!"

나는 땅에 이마를 대고 소리 죽여 울었다.

그날 밤, 신기천 다리 밑에서 호야와 바나나우유를 나눠 마셨다.

"난 바나나우유가 제일 맛있더라."

호야의 말에, 나는 천천히 고개를 끄덕였다.

"나도 그래."

그날의 바나나우유는 달콤했는데, 지금 내 입은 쓰기만 하다. 거울을 보며 입술을 깨물었다.

호야….

13
김강민

　조민정 선생님이 들고 온 한호연의 집 주소로 찾아가 보니 오래된 다세대 주택 2층이었다. 조민정 선생님이 문을 두드리자 한참 만에 젊은 남자가 민소매 속옷 차림으로 나왔다. 팔뚝에 용 문신이 새겨져 있었다.

　"뭐요?"

　"여기가 혹시 한호연 학생 집인가요?"

　"그런 사람 안 살아요."

　닫히는 문을 조민정 선생님이 재빨리 붙잡았다.

　"저기요! 잠깐만요."

　남자가 험상궂은 얼굴을 쑥 내밀었다.

"이 집에 언제쯤 이사 오셨어요? 혹시 전에 살던 사람들이 어디로 이사 갔는지는 모르세요?"

"당신 뭐야! 그런 사람 없다는데!"

"죄송해요. 저희 반 학생이 결석을…."

쾅! 문이 닫혔다.

"깜짝이야! 인심도 야박하지. 언제 이사했는지 말해 주는 게 뭐 그리 어렵다고."

조민정 선생님은 투덜거리며 계단을 내려와 멋쩍은 얼굴로 말했다.

"이사 간 건 확실한가 보다."

조민정 선생님은 갑자기 생각난 듯 물었다.

"강민아, 너 혹시 호연이가 누구랑 같이 살았는지 알아? 형이나 동생이 있었는지 뭐 그런 거. 요즘엔 생활 기록부에도 가족 관계는 쓰지 않게 되어 있어서."

나는 고개를 저었다.

"그걸 알면 알아보기가 더 쉬울 텐데. 아, 저기 부동산 있다. 물어보고 올게. 잠깐 기다려."

조민정 선생님은 잠시 뒤에 실망한 얼굴로 나왔다.

"강민아, 여기까지 같이 와 줘서 고마워. 넌 이제 집에 가."

"선생님은요?"

"난 이왕 온 김에 동네 돌아다니면서 좀 더 물어보고 갈게."

"경찰에 신고했다면서요? 금방 찾을 수 있지 않을까요?"

"경찰이 호연이만 찾니? 바쁜 일이 얼마나 많을 텐데. 우리는 우리대로 찾아봐야지."

조민정 선생님은 나한테 손을 흔들고, 앞에 보이는 조그만 슈퍼마켓으로 쑥 들어갔다. 이 동네 가게들은 죄다 돌아볼 작정인가 보다.

한호연이 2주 넘게 결석하는 동안, 진짜 담임 선생님은 털끝만큼도 관심을 보이지 않았다. 그런데 조민정 선생님은 학교에 온 첫날부터 얼굴도 모르는 한호연을 찾는다고 저렇게 애를 쓰고 있다. 고작 한 달짜리 담임일 뿐인데 말이다. 누가 봐도 감탄할 일이다.

하지만 나는 알고 있다. 조민정 선생님이 저렇게 애쓰는 건 바로 그 이유 때문이다. 한 달짜리 임시 교사라는 것. 이미 계산기를 두드려 봤을 거다. 원래 담임 선생님도 어쩌지 못해서 경찰 수사까지 의뢰한 장기 결석생 문제를 임시 담임이 와서 짜잔! 해결해 보이고 싶은 거다. 그렇게 능력과 열정을 인정받아서 정교사 자리를 노려보려는 속셈이 내 눈엔 뻔히 보였다.

'어디 잘해 보시지. 후후.'

조민정 선생님 같은 부류의 인간을 나는 아주 잘 안다. 다정하고 친절한 말과 남을 위하는 척 꾸며 낸 행동 뒤에는 반드시 감춰 둔 속내가 따로 있기 마련이다. 그걸 내게 가르쳐 준 사람은 새엄마다. 나한테 잊을 수 없는 상처를 남기긴 했지만 값진 교훈 또한 남겨 주었으니, 미워할 수만은 없는 사람이다.

새엄마는 내가 일곱 살 때 우리 집에 왔다. 그전까지도 아줌마들 몇 명이 살다 나간 적은 있었다. 짧게는 일주일부터 길게는 몇 달까지.

"하지만 이번에는 달라."

아빠가 말했다.

"아빠와 아줌마가 결혼했으니 이제 넌 새엄마가 생긴 거야."

엄마. 내게는 기억에 없는 존재였다. 나를 낳자마자 도망갔다는 말만 들었을 뿐. 앞에 '새'라는 불필요한 글자가 붙어 있기는 했지만 어쨌거나 태어나 처음으로 가져 보는 엄마였다. 어린 나는 무척 들떴다.

새엄마는 진짜 달랐다. 이전에 같이 살던 아줌마들은 밥도 잘 챙겨 주지 않고, 나한테는 아예 관심이 없었다. 하지만 새엄마는 내 옷도 사 주고 장난감도 사 주었다. 맛있는 반찬도 해 주었다. 나는 새엄마가 정말 좋았다. 나 혼자 속으로 '새' 자를 떼고 진짜 엄마라고 믿었다.

어느 날, 시장에서 새엄마 손을 놓쳤다. 깜깜해질 때까지 나는 시장 안을 떠돌았다. 어딘가에서 새엄마가 나를 찾고 있을 거라고 믿었던 걸까? 나는 울지도 않았다고 한다. 다른 기억은 나지 않지만, 번쩍번쩍 불이 들어오는 진짜 경찰차를 타고 집으로 돌아오며 신나 했던 기억만은 분명하다.

또 하나 잊을 수 없는 강렬한 기억은, 그날 분명히 눈물까지 흘리며 나를 꼭 안아 주었던 새엄마가 다음 날 누구와 통화하며 했던 말이다.

"아유, 그러게 말이야. 귀찮은 혹 하나 떼어 버리나 싶어 좋아 했더니만 경찰까지 달고 집을 찾아왔더라고. 내 팔자가 그렇지, 뭐."

나는 책을 좋아하는 아이였고, 집에 있는 몇 안 되는 책 중에는 하필 《헨젤과 그레텔》이 있었다. 새엄마가 두 아이를 산에 버리고 오는 이야기. 그 뒤로 내 호주머니에는 늘 조약돌이 한 움큼 들어 있었다. 나를 내다 버리는 대신 새엄마가 스스로 집을 나가 버릴 때까지.

그리고 얼마 뒤, 아빠와 나는 이사를 했다. 지상에서 지하로. 컴컴하고 꿉꿉했던 그 집에서 아빠가 끊임없이 새엄마를 욕했기 때문에, 어린 나도 우리의 이사가 새엄마 탓이라는 사실을 알게 되었다. 그렇지만 나는 벽에 피어난 곰팡이를 보며 가끔은 새엄마를 떠올렸다. 더불어 새엄마가 남기고 간 교훈도 되새김질하듯 곱씹었다.

내가 조민정 선생님이나 한호연 같은 애의 시커먼 속을 한눈에 알아볼 수 있는 것도 따지고 보면 다 새엄마 덕이다. 그들은 모두 비슷한 수법을 구사한다. 순진해 보이는 표정과 눈웃음으로 먼저 상대를 안심시킨 다음, 뒤통수를 치는 거다. 방치하는 순간 그들이 뿌린 검은 씨앗은 어느 틈에 싹을 틔우고 순식간에 주변으로 퍼져 나간다. 마치 암 덩어리처럼 말이다.

한호연을 처음 봤을 때 나는 전율이 느껴졌다. "난 좋은 사람이야. 그러니 안심해."라는 듯한 반달 눈웃음. 저절로 새엄마가 떠올랐다. 나를 향해 건네던 따뜻한 미소. 거기에 속아 아빠와 나는 모든 걸 잃었다.

멍청한 애들이 한호연의 시커먼 속내를 알아차리기는커녕 다정하게 꾸민 말과 친절한 행동에 껌뻑 속고 있을 때, 더러운 거짓을 발가벗겨 진실을 드러내고 악당을 응징해서 정의를 바로 세우는 일은 내가 꼭 해야만 하는 일이다. 그것이 내가 받은 사명이니까.

반장은 아침마다 반 아이들의 스마트폰 걷는 일을 한다. 그 말은 곧 필요할 때는 내가 아이들의 스마트폰을 마음대로 열어 볼 수 있다는 뜻이다. 비번이나 패턴쯤이야 평소에 조금만 관찰력을 발휘하면 금방 알아낼 수 있는 거니까. 스마트폰 속에 감춰 둔 한호연의 사악한 비밀을 알아냈을 때, 나는 또 한 번 전율을 느꼈다. 역시 내 짐작은 틀리지 않았다. 그 자식은 사람 좋은 반달 눈웃음을 지으며 아이들에게 친근하게 다가가서는 환심을 사고 뒷구멍으로 끔찍한 일을 꾸미고 있었다.

나는 한호연의 비밀을 거꾸로 이용해 그 자식을 통쾌하게 골탕 먹일 계획을 세웠다. 결국 제 꾀에 제가 넘어간 걸 알았을 때, 한호연의 표정을 못 본 게 두고두고 아쉬울 뿐이다. 심예슬이나 서일교, 염하은 같은 애들도 나중엔 알게 될 거다. 내가, 이 김강민이 자기들을 악의 구렁텅이에서 구해 줬다는 걸. 그 멍청이들은 뒤늦게야 깨닫고 내게 고마워하겠지.

조민정 선생님은 슈퍼마켓 옆에 있는 미용실로 들어갔다. 그 뒷모습을 보며 나는 직감했다. 거대한 계획이 필요한 순간이 또 한 번 왔다는 것을. 이번에도 우주의 기운은 정의의 편에 서리라는 것을 나는 믿는다.

14
서일교

조민정 쌤은 평소와 달리 심각한 표정이었다.

"일교야."

불러 놓고 또 한참을 말없이 나를 보기만 한다. 차라리 한 대 쥐어박고 보내 줬으면 좋겠다.

"네가 화장실에서 재욱이 때렸니?"

올 게 왔구나 싶었다. 나는 고개를 숙였다.

"재욱이는 한사코 아니라고 하는데, 어떤 선생님이 목격하신 바로는 아무래도 그런 것 같다고 하시네. 재욱이가 화장실에서 나오고 얼마 안 돼서 네가 나오는 걸 보셨대. 얻어맞은 게 틀림 없는 얼굴인데 재욱이는 넘어져서 다친 거라고 하고 있어."

조민정 쌤은 내 눈을 똑바로 보며 낮은 목소리로 물었다.

"서일교, 네가 말해 줄래?"

나는 문득 궁금해졌다. 그냥 맞았다고 하면 될 텐데, 이재욱은 왜 아니라고 했을까. 내가 보복할까 봐 겁이 나서? 어찌 됐든, 그 자식이 말하지 않는데 굳이 내 입으로 털어놓을 이유는 없었다.

"전 모르는 일인데요."

조민정 쌤의 얼굴에는 실망한 기색이 역력했다. 조민정 쌤은 한숨을 내쉬고는 다시 물었다.

"그래? 그럼 호연이는? 혹시 한호연 때린 적은 있어?"

나는 갑자기 튀어나온 이름에 놀라서 그대로 얼어붙었다. 조민정 쌤은 내 표정을 보고 뭔가 단단히 오해한 모양이었다. 이번에는 아까보다 더 깊은 한숨을 쉬더니 고개를 끄덕였다.

"역시 그랬구나."

"네? 아니, 저…."

"왜? 호연이가 화장하고 다니는 게 보기 싫었니? 요즘은 남자들도 메이크업 많이들 해. 개성으로 인정받는 세상이야. 네가 그런 걸 싫어할 순 있지. 그래, 그것도 개인의 자유니까. 하지만 네가 싫어하는 행동을 한다고 해서 다른 사람을 때리면 안 되지. 그건 자유가 아니라…."

"누가 그래요? 호연이가 화장하고 다녀서 제가 때렸다고?"

내가 발끈하자 조민정 쌤은 자신 없는 말투로 우물우물했다.

"때렸다고는 안 했어. 강민이는 그냥 네가 호연이를 싫어했다고만… 어머나!"

조민정 쌤은 화들짝 놀라 입을 틀어막았다.

"어쩜 좋아. 제보자를 보호해 줘야 하는데 나도 모르게…. 일교야, 방금 들은 말은 잊어 줘. 응? 부탁이야. 알겠지?"

조민정 쌤이 울상을 하고 쩔쩔매는 바람에 나는 더 추궁당하지 않고 교무실을 나올 수 있었다.

'김강민이 쌤한테 그런 말을 했다 이거지. 내가 호야를 싫어했다고. 도대체 왜 그런 거짓말을 한 거지?'

여전히 이해할 수 없는 것투성이였다. 하지만 적어도 한 가지는 확실해진 느낌이었다. 김강민 그 자식, 분명 뭔가 있다.

호야가 사라지기 전 토요일. 그날은 호야 생일이었다. 톡으로 초대 메시지를 받고 나무놀이터로 가는 길에 느닷없이 김강민이 나타나 팔짱을 끼고 내 앞을 막아섰다.

"한호연 생일 파티에 가는 거야?"

나는 무시하고 가던 길을 가려고 했다. 그러자 김강민이 한마디를 더 던졌다.

"너 그건 아냐? 한호연이 너랑 통화할 때마다 몰래 녹음하는 거."

그 말엔 멈칫할 수밖에 없었다. 나는 김강민을 노려보았다.

"그게 무슨 말이야?"

김강민은 나를 보며 혀를 끌끌 찼다.

'저 자식이 거짓말을 하는 건가? 아니면 설마 진짜?'

내 머릿속은 바쁘게 돌아갔다. 김강민은 내 속이 뻔히 들여다보인다는 듯 씩 웃었다. 그 표정이 몹시 거슬렸지만 일단 자리를 뜨려고 했다. 그 말이 사실인지 아닌지는 호야에게 직접 확인하면 될 일이었다.

그때 김강민의 말이 또다시 나를 붙잡았다.

"근데 너희 아버지 말이야. 요즘도 술 많이 드시니?"

나는 돌덩어리가 된 것처럼 그 자리에 붙박였다. 심장이 가슴을 뚫고 튀어나올 것처럼 쿵쾅거렸다.

김강민이 뱀처럼 간교한 말투로 기름을 부었다.

"호연이가 네 걱정 많이 하던데…?"

그 말에 앞뒤 잴 볼 것 없이 눈이 뒤집히고 말았다.

'한호연! 자길 믿으라고, 목숨 걸고 맹세할 수 있다더니, 나 몰래 녹음까지 해서 그걸 김강민한테 들려준 거였어? 나를 얼마나 좆밥으로 알았으면!'

내 눈에서 불길이 치솟는 걸 보고 김강민은 그럴 줄 알았다는 얼굴로 혀를 찼다.

"한호연 그 자식, 번번이 그러네."

나는 아무 말도 하지 못했다. 호야에 대한 배신감에 온몸이 부들부들 떨릴 뿐이었다.

김강민이 다가와 내 귀에 대고 은근히 속삭였다.

"걱정 마. 네 비밀을 아는 애들은 아직 몇 안 되는 것 같으니까."

가슴이 철렁했다.

'애들한테 알려진다고?'

그동안 나는 반에서, 아니 우리 학교에서 가장 센 애였다. 무서운 것도, 두려운 것도 없는. 하지만 이 사실이 알려지면 그냥 불쌍한 애가 되고 마는 거다. 개처럼 두드려 맞고 사는 불쌍한 애. 홧김에 아버지를 밀어서 넘어뜨리고 '내가 아버지를 죽였다'며 다리 밑에서 웅크려 울던 병신 쪼다 새끼.

'그걸 우리 학교 애들이 전부 알게 된다고?'

배신감은 순식간에 공포로 바뀌었다.

김강민은 악마의 가면을 뒤집어쓴 것처럼 무표정한 얼굴로 말했다.

"근데 넌 한호연을 친구라 생각하고 생일까지 축하해 주러 가는구나."

그 말을 듣자 눈앞에 보이는 게 없었다. 내가 아는 욕이란 욕은 모조리 퍼부었다. 친구? 누가 그 새끼를 친구로 생각했대? 그 새끼는 그냥 좆밥이야…. 나는 온갖 거친 말을 뱉어 냈다. 그러다 보니 마음속에서 시뻘건 불길이 일어나 활활 타올랐다. 호야가 눈앞에 있었다면 주먹으로 얼굴을 갈기고 발로 등을 마구 짓이겼을 거다. 벌건 눈으로 온갖 저주의 말과 욕지거리를 쏟아 내고 나서 마지막으로 한 방을 날렸다.

"그 새끼 보면 그대로 전해라. 지금 당장 꺼져 버리라고! 내 눈에 띄면 가만 안 둘 테니까."

화가 나는 건지 아니면 겁이 나는 건지 이젠 그딴 거 몰랐다. 그저 몹시 허탈하고 또 슬플 뿐이었다. 킬킬거리며 좋아하는 김강민을 남겨 두고 집으로 돌아가서 곰처럼 웅크린 채 오래오래 잠을 잤다.

혹시 내가 김강민에게 속은 거였다면…? 그 뱀 같은 자식은 대체 왜 그런 짓을 꾸민 걸까? 머릿속이 마구 엉킨 실타래처럼 복잡한 속에서, 오직 한 가지 사실만 분명히 떠올랐다.

'호야를 찾아야 해.'

15
염하은

　우리 팀은 모두 스무 명 정도였다. 하나같이 예쁘고 잘난 애들이었지만 다빈이는 그중에서도 특별히 눈에 띄었다. 어릴 때 유학을 가서 쭉 외국 생활을 해서인지 외모나 말투에서 이국적인 분위기가 물씬 풍겼다. 귀국한 지 얼마 안 된 탓에 간혹 상황에 맞지 않는 엉뚱한 반응을 보이기도 했는데, 그게 또 묘한 매력이 있었다.

　다빈이는 국내 기획사들이 연합으로 개최한 북미 지역 교포 오디션에서 엄청 높은 점수를 받았다고 했다. 대형 기획사 여러 곳에서 계약 의사를 밝혔지만, 우리 회사 대표와 다빈이 엄마가 친분이 있어 여기로 오게 된 거라고. 말만 똑같은 연습생 신분이지, 언제 쫓겨날지 몰라 전전긍긍하는 나와 다빈이는 땅과 하늘만큼이나 처지가 다른 셈이었다.

나는 연습 때마다 틈틈이 곁눈질로 다빈이를 살피곤 했다. 하얗고 긴 손가락으로 머리카락을 돌돌 마는 습관이나, 애들이 쓰는 유행어를 못 알아들을 때 짓는 어리둥절한 표정과 어깨를 으쓱하는 동작을 유심히 봐 두었다가 아무도 없을 때 혼자서 흉내 내곤 했다. 그렇게 하면 잠시나마 다빈이의 습관이 내 것이 되는 기분이었다. 나는 열성적인 배우 지망생처럼 다빈이를 연기하며 잠깐의 기쁨을 누렸다. 옷과 신발, 가방부터 콧잔등에 살포시 내려앉은 주근깨까지 나는 다빈이의 모든 것을 열렬히 탐했지만 실제로 내가 손에 넣을 수 있는 건 아무것도 없었다. 그 애가 가진 물건들은 내 형편으로는 감히 꿈도 꾸기 힘들 만큼 값비싼 것뿐이었으니까.

인기가 많다는 건 대체로 좋은 일이지만 때로는 더 좋은 일이 되기도 한다. 나한테 반해서 언제든 지갑을 열 준비가 되어 있는 애가 있다면 말이다. 제 아빠 돈만 믿고 천지 분간 못 하고 나대는 김승현이 딱 맞춤인 애였다.

"그래, 좋아."

김승현은 사귀자는 말에 곧바로 나온 내 대답이 믿기지 않는다는 얼굴이었다.

"근데 말이야, 우리 사귀는 기념으로 커플 키링 달고 다니는 거 어때?"

그렇게 나는 마침내 다빈이와 똑같은 물건을 손에 넣을 수 있었다. 물소 가죽으로 만든 고양이 키링. 명품 M사에서 한정판으로 내놓은 상품이라 구하기도 쉽지 않은 그 아이를 내 가방에 매달았을 때, 나는 가슴이 마구 뛰었다.

신나서 가방을 메고 연습실에 간 날이었다. 화장실에 있을 때, 문밖에서 저희끼리 수군거리는 소리가 들려왔다.

"염하은 가방에 키링 봤어?"

"어쩜 다빈이랑 똑같은 걸 보란 듯이 달고 오니? 그렇게 티 팍팍 내면서 따라 하고 싶을까?"

"걔 평소에도 맨날 다빈이 말투 따라 하고 그러잖아. 크큭."

"나 같으면 창피해서 도저히 못 그럴 텐데, 하여간 염하은 참대단해."

얼굴이 화끈거렸다. 감추려고 무진 애를 썼던 속내를 고스란히 들켜 버린 것이다. 다른 애들도 알아차리고 수군거리는데 정작 당사자인 다빈이가 눈치채지 못했을 리 없었다. 다빈이가 나를 얼마나 한심하게 여길까 생각하니 차마 문을 열고 나갈 용기가 없었다. 한참을 안에서 기다렸다가 팀 애들이 모두 나간 것을 확인하고서야 밖으로 나왔다. 거울에 비친 초라한 내 모습을 보니 화가 치밀었다.

가방을 거칠게 벗어 키링을 떼어 버리려고 할 때였다.

"어? 나랑 똑같은 거다!"

심장이 덜컥 내려앉았다. 고개를 들어 보니 다빈이가 해맑게 웃고 있었다.

"이거 진짜 귀엽지? 하은이 너도 고양이 좋아하는구나?"

곁눈질로 살핀 다빈이 얼굴에는 반가움 말고는 다른 어떤 감정도 담겨 있지 않았다.

"어? 어…."

나는 키링을 떼어 내려던 손짓을 멈추고 얼버무렸다. 다빈이는 다시 환하게 웃으며 내게 손을 흔들고는 화장실 안으로 쏙 들어갔다. 나는 잠시 멍하게 서 있었다.

진짜 풍족하게 자란 애들은 저렇구나. 평생 남을 따라 하고 싶어 안달 나 본 적이 없으니 이런 찌질한 마음은 아예 짐작조차 못 하는구나. 다빈이의 천진난만함이 그 애가 누리는 부족한 것 없는 환경에서 나온 것임을 깨닫자 나는 더욱 절망하고 말았다. 그건 내가 아무리 노력한들 결코 가질 수 없는 것이었다.

나는 키링을 떼어 주머니에 넣었다. 그리고 연습실 밖에서 기다리고 있던 김승현에게 건넸다.

"우리 여기까지만 하자."

사귄 지 고작 몇 시간 만에 차인 김승현의 황당한 얼굴을 뒤로하고 나는 쫓기듯 걸음을 재촉했다. 그 뒤로 나는 다빈이 흉내 내기를 그만두었다. 하지만 그 애를 향한 동경까지 버린 것은 아니었다. 그래서 작사가 쌤이 '연습생의 일상과 느낌을 가사로 표현하기' 미션을 주었을 때, 내가 다빈이에게 도움을 줄 수 있다는 사실이 기쁘다 못해 영광스럽기까지 했다.

나는 완성된 과제를 가방에서 꺼내 다시 한번 읽어 보고 있었다. 처음엔 그동안 써 두었던 일기 중에서 마음에 드는 구절을 골라 가사를 썼지만, 영 마음에 들지 않았다. 춤, 노래를 겨루는 미션은 어쩔 도리가 없었지만 글쓰기 과제만큼은 나도 정말 잘 해내고 싶은 마음이 컸다. 그래서 며칠 밤을 새워 가며 고치고 또 고치면서 글쓰기에만 매달렸다. 한 장을 빽빽하게 메운 가사는 내 피땀으로 썼다 해도 과언이 아니었다.

문득 인기척이 느껴져 뒤를 돌아보니 다빈이가 어깨너머로 내 글을 들여다보고 있었다. 눈이 마주치자 그 애는 양처럼 순하게 웃으며 말했다.

"와, 하은아. 너는 글도 잘 쓰는구나. 부럽다, 정말!"

그러고는 그 작고 앙증맞은 입술로 한숨을 폭 내쉬는 거였다.

"내일까지 제출하라는데 난 어떻게 써야 할지 도무지 감도 못 잡겠어."

다빈이는 한국어로 글을 써 본 적이 별로 없어 한참을 끙끙거린 모양이었다. 나는 조금도 주저하지 않고 "읽어 볼래?" 하며 내 과제를 다빈이에게 내밀었다. 다빈이가 괜찮다며 내 도움을 거절하면 어떡하나 조바심이 날 지경이었다. 하지만 다빈이는 환하게 웃으며 내 호의를 받아 주었다.

"고마워, 하은아."

다빈이는 내 글을 한참이나 꼼꼼히 들여다보았다. 나는 그 애가 내 글을 평가하는 심사 위원이라도 되는 것처럼 조마조마했다. 마침내 다빈이가 감탄하며 이렇게 말했을 때 나는 뭔가를 이루어 낸 것처럼 벅찬 기쁨을 느꼈다.

"와, 하은아. 너 정말 잘 썼다. 네 거 보니까 이제야 좀 알 것 같아."

그리고 다빈이는 조심스럽게 덧붙였다.

"혹시… 이거 하루만 빌려줄 수 있어? 집에서 한 번만 더 읽어 보고 싶은데."

원래는 그날 과제를 제출하려고 가져왔지만, 다빈이 말대로 해도 별로 상관없을 것 같았다. 어차피 과제 제출 기한은 그다음 날까지였으니까.

나는 고개를 크게 끄덕이며 말했다.

"당연히 괜찮지."

그러자 다빈이는 감격한 얼굴로 다가와 내 목을 끌어안았다.

"Oh, you're sooooo sweet."

어색하게 목을 내맡긴 채 나는 배시시 웃었다.

그런데 다음 날, 다빈이는 얼굴이 하얗게 질린 채 내게 와서 미안하다고 사정부터 하는 것이었다. 내 과제를 잃어버렸다고.

가방에 잘 넣어 뒀는데 아무리 찾아도 없다고. 곧 울음을 터뜨릴 것 같은 그 애를 나무랄 배짱 따위는 내게 없었다.

"과제 제출이 오늘까지인데 어, 어떡하지…."

나는 찬 바람에 기운 빠진 가을 모기처럼 작은 소리로 웅얼거릴 뿐이었다. 다빈이가 발을 동동거리며 말했다.

"과제 제출 못 하면 점수 깎일 텐데 어쩜 좋아."

그 애의 큰 눈에 눈물이 그렁그렁 차올라 금방이라도 툭 떨어질 준비를 하고 있었다. 다빈이는 촉촉한 눈으로 나를 바라보며 결심한 듯 말했다.

"하은아, 나도 과제 제출 안 할게. 너만 점수 깎이게 할 순 없잖아."

다빈이는 지금까지 했던 모든 미션에서 항상 최고점을 받았다. 이대로라면 데뷔조로 옮기는 건 시간문제일 게 분명했다. 그런데 나 때문에 이번 미션을 완전히 포기하겠다니. 나는 너무 감격한 나머지 누가 누구 때문에 망하게 됐는지를 완전히 망각하고 말았다.

"아니야, 다빈아. 너까지 그럴 필요 없어."

나는 단호하게 고개를 저었다. 그러자 다빈이는 감격한 얼굴로 다시 한번 내 목을 꼭 끌어안았다.

"하은아, 넌 정말 천사야. 너랑 친구라서 정말 기뻐."

나는 다빈이를 조금이라도 더 안심시켜 주고 싶었다.

"너무 걱정 마. 수백 번 읽고 고친 거라 거의 다 기억나니까 지금 얼른 다시 써서 내면 돼."

그 순간 내 목을 끌어안고 있던 다빈이의 두 팔이 미세하게 경직되는 느낌이었다. 하지만 곧 다빈이가 다정하고 환한 미소를 지으며 고개를 끄덕여 주었기에 대수롭지 않게 여겼다.

나는 그 자리에서 가사를 다시 쓰기 시작했다. 전체적인 흐름이야 알지만 세세한 부분까지는 기억나지 않아 애가 탔다. 게다가 머야 실장님한테 들켜 "과제를 이제야 하는 거니?" 하는 핀잔까지 들었다. 실장님은 혀를 끌끌 차며 늘 갖고 다니는 수첩―연습생들이 '데스노트'라고 부르는―에 뭐라고 마구 휘갈겼다. 억울했지만 다빈이의 잘못을 고자질하는 것처럼 보일까 봐 변명도 할 수 없었다. 다빈이가 나서서 직접 해명해 주길 바랐지만, 그 애는 금세 어디로 갔는지 코빼기도 보이지 않았다. 엉망진창으로 겨우 완성한 과제를 제출하고서 나는 주저앉아 엉엉 울고 싶은 심정이었다.

그리고 며칠 뒤, 머야 실장님이 '가사 쓰기' 미션의 일등을 발표했다. 놀랍게도 다른 미션과 마찬가지로 일등을 차지한 사람은 다빈이였다. 그 애는 꿈에도 예상하지 못했다는 듯 볼을 발갛게 물들인 채 웃었다. 애들에게 둘러싸여 축하를 받는 다빈이를 보며 나는 멀찍이 서서 진심으로 박수를 보냈다. 다빈이가 내 쪽을 향해 다가올 때 '혹시 나한테 고맙다고 말하려나?' 하는 생각이 스쳤지만, 그 애는 의례적인 미소를 살짝 보낼 뿐 나를 그대로 지나쳐 버렸다.

그래, 다빈이는 원래 뭐든 잘하는 애니까, 내 글을 봤다고 해서 그게 뭐 얼마나 도움이 됐겠어? 내가 과제를 제대로 제출했다손 치더라도 일등은 어차피 다빈이 몫이었을 텐데, 아쉬워할 필요도 없어.

애써 스스로를 달래며 집으로 가는 길에 나는 홀린 듯 편의점에 들어가 커다란 초코바를 손에 잡히는 대로 한 움큼 샀다. 배속이 허전해 견딜 수가 없었다. 누가 쫓아오기라도 하는 것처럼 그 많은 초코바를 허겁지겁 입에 욱여넣었다. 속이 뒤집어져서 결국 다 토하고 말았지만.

문제는 이튿날 댄스 기본 동작 시간에 터졌다. 나는 어쩐지 의욕이 생기지 않아 팔다리를 흐느적거리며 겨우 동작을 따라가고 있었다. 뒤에서 연습생들을 매의 눈으로 지켜보던 머야 실장님이 갑자기 나를 불렀다.

"염하은, 따라와."

연습 좀 열심히 하라는 잔소리를 듣겠거니 생각하며 사무실로 향했다. 그런데 머야 실장님의 입에서 나온 말은 전혀 뜻밖이었다.

"왜 베꼈어?"

화살처럼 뾰족한 말투에 나는 어안이 벙벙해졌다.

"…네?"

머야 실장님이 고개를 절레절레하더니 서랍 속에서 종이 두 장을 꺼내 내 앞에 나란히 내밀었다.

"가사 쓰기 미션, 다빈이 걸 왜 베꼈냐고!"

하나는 내가 제출 마감일에 급히 다시 써낸 과제였다. 또 하나는 전날 제출하려 했던, 심혈을 기울여 완성한 바로 그 과제였다. 그리고 거기에는 내가 아닌 다빈이 이름이 쓰여 있었다. 혀가 굳어 버린 것 같았다. 아무 말도 할 수 없었다. 온몸이 바들바들 떨려 왔다.

"이렇게 똑같이 베껴 놓고 안 걸릴 줄 알았니?"

머야 실장님의 뿔테 안경에 경멸의 빛이 어려 있었다. 순간 참을 수 없는 감정이 불쑥 치밀어 올랐다.

"왜 제가 베꼈다고 생각하세요?"

머야 실장님의 눈썹이 잔뜩 성난 갈매기처럼 날개를 곤두세웠다.

"…머야?"

나는 그대로 사무실을 뛰쳐나와 버렸다.

내가 이 모든 이야기를 털어놓은 사람은 딱 한 명뿐이다. 그러니 비밀이 새어 나갔다면 의심할 사람 역시 딱 한 명뿐이었다. …호야.

그런데 시간이 지날수록 김강민이 의심스러워진다. 실은 호야가 사라지기 전 토요일, 호야 생일을 축하해 주러 나무놀이터로 향하는 길에 메시지가 하나 왔다. 김강민이 보낸 메시지였다.

"한호연이 너랑 통화하면서 몰래 녹음하는 거 알고 있어? 대체 어디에 쓰려고 녹음 파일을 차곡차곡 모아 둔 걸까?"

나는 바로 김강민에게 전화해서 그게 대체 무슨 말이냐고 따져 물었다.

"내가 아침마다 폰을 걷잖아. 그런데 폰 하나가 교실 바닥에 떨어져 있어서 누구 건지 찾아 주려고 했지. 알고 보니 한호연 폰이었어. 마침 비번이 걸려 있지 않아서 폰을 열어 봤다가 우연히 녹음 파일을 발견한 거야."

나는 호야를 향해 입에 담지도 못할 욕설과 저주의 말을 퍼부었다. 내가 유일하게 믿었고 그래서 비밀까지 털어놓은 호야에게 완전히 속았다고 생각했으니까. 그리고 이틀 뒤, 호야가 사라져 버렸다.

갑자기 호야가 생일날 친구들을 불러 무엇을 하고 싶어 했는지 알 것 같았다. 서둘러 교복 주머니를 뒤져 보았다. 역시 아직 그대로 있었다.

두 번째 내 꿈은 친구들과 함께 유튜브 채널을 만드는 것이다. 채널 콘셉트는 벌써 생각해 두었다.

'나만의 스타일을 찾는 자신감 뿜뿜, 중학생 코디와 메이크업'

코디와 스타일링은 예슬이가 맡고, 여자 모델은 하은이, 남자 모델은 일교가 해 주면 좋겠다. 메이크업은 내가 하고 동영상 촬영과 편집은 컴퓨터를 잘하는 재욱이에게 부탁할 거다.

내 주변 친구들은 모두 옷을 잘 입고 싶어 하고 메이크업으로 자신을 더 아름답게 꾸미고 싶어 한다. 그건 스스로의 모습에 자신감이 없기 때문이다. 친구들은 흔히 유명한 아이돌이나 멋진 연예인을 따라 하려고 하지만, 사실 따라 한다고 우리가 그 사람처럼 될 수는 없다. 사람은 저마다 생김새가 다르고 분위기가 다르기 때문이다. 정말 중요한 건 자신에게 잘 어울리는 코디와 메이크업을 찾는 것이다.

바로 이걸 도와주는 채널을 우리가 만드는 것이다. 자신감을 뿜뿜 키워 주는 영상. 더 이상 못난 자신의 모습에 좌절하며 움츠리지 않고 어깨를 쫙 펴고 당당히 살아갈 수 있게 응원하는 영상.

친구들과 함께 그런 채널을 만드는 것이 바로 내 꿈이다.

국어 시간에 '나의 꿈 쓰기' 수행 평가로 호야가 쓴 글이다. 담임쌤 심부름으로 쌤 책상에서 학습지를 찾다가 우연히 호야의 글에서 내 이름을 보았다. 그리고 '못난 자신의 모습에 좌절'이라는 구절이 눈에 확 들어왔다. 순간적으로 호야가 내 비밀을 쓴 거라고 생각했다. 망설일 틈도 없이 종이를 찢어 교복 주머니에 찔러 넣었다.

나중에 화장실에서 차분히 읽어 보고 나서야 엉뚱한 오해였다는 걸 알았다. 안도하며 그대로 다시 주머니에 넣어 놓고는 지금까지 잊고 있었던 거다.

…진실은 뭘까. 그리고 호야는 지금 어디에 있을까.

16
이재욱

동우에게.

요즘 들어 부쩍 메일을 자주 쓰게 되네. 하지만 오늘은 정말 너에게 꼭 알려야 할 소식이 있어.

아침에 눈을 뜨자마자 눈부시도록 환한 햇살에 나는 바로 알아차렸지. 지각이다, 오늘 또.

나는 빛의 속도로 일어나 교복을 입었어. 밤새 뱃살이 더 쪘는지 바지 지퍼가 잘 올라가지 않더라고. 복식 호흡으로 배가 쏙 들어가게 숨을 뱉어 내고 얼른 지퍼를 쑥 올렸어. 내가 말했던가? 조민정 쌤의 지각 벌칙은 뭐랄까, 기괴하고 끔찍하거든.

"아이 콘택트라고 들어 봤니? 우리말로 하면, 음⋯ 눈으로 말해요."

예전 담임쌤의 지각 벌칙은 교실 청소였어. 또 어떤 쌤은 시외우기를 시키기도 했지. 하지만 '지각생들끼리 마주 보고 일 분 동안 눈 맞추기'를 벌칙으로 시키는 건 조민정 쌤이 처음이었어.

"우리나라 사람들은 서로 눈 맞춤 하는 걸 엄청 어려워들 해. 하지만 눈을 보면 그 사람의 마음이 보이는 법이거든. 일 분은 결코 짧은 시간이 아니야. 친구의 마음을 천천히, 오랫동안 들여다보는 건 아주 소중한 경험이 될 거야. 너희 모두 해 보라고 시키고 싶지만, 다들 싫어할 게 뻔하니 우선 지각생들부터 시작해 볼까?"

어제 나는 지각을 해서 일 분 동안 아이 콘택트인지 눈 맞춤인지를 해야 했어. 또 다른 지각생은 하필이면 서일교였고. 나는 서일교의 눈이든 마음이든 들여다보고 싶은 맘이 손톱만큼도 없었어. 하지만 어쩔 수 없었지.

서일교 앞에 서자 나도 모르게 떨리기 시작했어. 화장실에서 성난 짐승처럼 내게 발길질하던 모습이 자꾸만 떠올라 눈을 피하고만 싶었지. 하지만 아무것도 모르는 쌤은 그랬다가는 처음부터 다시 시작해야 한다며 으름장을 놓았어. 일 분이 백 분, 아니 천 분은 되는 것처럼 느껴졌지. 오금이 저려서 자꾸만 주저앉고 싶은 걸 겨우 참았어. 마침내 일 분이 지났을 땐 땀에 젖은 교복 셔츠가 등에 찰싹 달라붙어 있었어.

그 끔찍한 벌칙을 오늘 또 받을 수는 없었어. 나는 교실을 향해 맹렬히 달렸어. 다행히 종소리와 함께 헉헉거리며 교실에 들어갈 수 있었지. 그런데 나를 보자마자 기다렸다는 듯 심예슬이 불렀어. 염하은과 서일교도 함께 있었고.

"실은 우리가 호야한테 큰 실수를 한 것 같아. 호야가 우리한테 화가 나서 학교에 안 오는 것 같아서…."

심예슬이 버벅거리자 염하은이 답답해하며 말을 가로챘어.

"우리 다섯이 같이 유튜브 채널을 만드는 게 호야의 꿈이래. 이재욱 네가 촬영이랑 편집을 맡아 준다고 하면 호야를 찾아서 설득해 보려고."

기가 막혔지. 이제 와서 나를, 호야를 설득하는 미끼로 써먹겠다고? 내 감정 따위는 아랑곳없이 저희가 필요할 때 손 내밀면 내가 얼씨구나 하고 덥석 잡을 줄 알았던 걸까? 동우 네가 생각해도 정말 어처구니가 없지 않아?

호야를 마지막으로 보았던 날이 떠올랐어.

"토요일 12시까지 나무놀이터로 올 수 있어? 그날이 내 생일이거든."

호야의 말에 정말이지 날아오를 듯 기뻤어. 친구에게 생일 파티 초대를 받은 게 도대체 얼마 만인지. 동우 너는 내 맘을 모르겠지? 너는 반 친구들 생일마다 빠짐없이 초대받는 애였으니까.

어찌나 좋던지, 나를 놀리던 애들이 함께 초대받은 걸 알면서도 호야 생일 파티에 꼭 가고 싶었어.

그날은 동이 트기도 전에 눈이 떠졌어. 시계를 보니 6시도 채 안 됐더라고. 다시 눈을 감고 잠을 청해 봤지만, 설레어서 잠이 오지 않았어. 일찍 일어난 나를 보고 엄마와 누나는 눈이 휘둥그레졌지.

"오늘 토요일이야."

"알아. 친구 생파에 가야 해서 일찍 일어났어."

그 말을 하는데 괜히 어깨가 으쓱했어. 웃음이 절로 피어오르는 내 얼굴을 보며 엄마와 누나도 기분 좋게 웃었어.

몸이 배배 꼬여서 도저히 12시까지 기다릴 수가 없었어. 나는 일찌감치 집을 나섰고, 괜히 동네를 어슬렁거리다가 한 시간이나 일찍 나무놀이터로 갔어. 얼마 지나지 않아 호야가 왔어. 우리는 그네에 앉아 다른 애들을 기다렸어.

"이따 애들 다 오면 말하려고 했는데, 재욱이 너한테만 먼저 말해 줄게."

호야는 자기가 구상하고 있는 유튜브 채널 이야기를 해 주었어. 그러면서 내가 동영상 촬영과 편집을 맡아 줄 수 있는지 물었지. 나는 자신 없는 말투로 대답했어.

"해 본 적이 없는데, 잘할 수 있을지…."

호야가 눈을 반짝이며 말했어.

"전에 교실 컴퓨터 고장 났을 때도 네가 이것저것 클릭해 보더니 결국 고쳤잖아. 넌 분명히 기계 다루는 데 소질이 있어. 촬영과 편집도 금방 배울 수 있을 거야! 내 말을 믿으라니까."

"그건 진짜 어쩌다 된 건데…"

"어쩌다 되는 게 아무나 할 수 있는 일이 아니라니까. 나 같은 기계치는 멀쩡한 걸 어쩌다 고장 내는 일은 있어도 고장 난 걸 어쩌다 고칠 순 없어. 절대로!"

확신에 찬 호야의 말을 듣자 없던 자신감이 갑자기 차오르는 기분이었어. 벌써 동영상 편집 기술을 완벽하게 익히기라도 한 것처럼 말이야.

"그래. 하, 한번 해 볼게."

어눌한 내 대답에 호야는 손뼉을 치며 좋아했어.

"고마워, 재욱아."

호야의 말은 사탕처럼 달콤했어.

'고마워, 재욱아.'

나는 그 말을 반복해서 혀끝으로 굴리며 단맛을 흠뻑 맛보았어. 물론 너도 알다시피 심예슬과 염하은은 그동안 툭하면 나를 놀렸어. 서일교는 나한테 관심조차 없었고. 하지만 호야와 함께 유튜브 영상을 만들게 되면 우리는 어쩌면 친구가 될 수 있을지도 모른다고 생각했어.

친구. 나에게도 드디어 친구라는 존재가 생길지 모른다고. 어쩌면….

하지만 그런 나의 바람을 비웃기라도 하듯 심예슬과 염하은, 서일교는 끝내 놀이터에 나타나지 않았어. 그리고 셋은 약속이나 한 듯 호야의 전화도 받지 않았고.

호야가 어색하게 웃으며 혼잣말을 했어.

"이상하다. 한꺼번에 다들 무슨 일이지?"

톡톡!

그때 호야 스마트폰에서 알림음이 울렸어. 반색하며 톡을 확인한 호야는 의아한 표정으로 이어폰을 꺼내 귀에 꽂았어. 그런데 호야 얼굴이 점점 하얗게 질려 가는 게 아니겠어? 꼭 유령이라도 본 사람 같았어. 나는 겁이 나서 호야를 툭 치며 물었어.

"너 괜찮아? 왜 그래?"

호야가 소스라치며 이어폰을 귀에서 뺐어. 나를 보는 호야의 눈은 토끼처럼 빨갛게 변해 있었어. 금방이라도 울음을 터뜨릴 것 같은 얼굴이었지.

"미, 미안해. 나 먼저 갈게."

호야는 내가 미처 잡을 새도 없이 허둥지둥 달아나듯 가 버렸어. 나는 다시 혼자 우두커니 남고 말았지. 배 속에서는 꼬르륵 소리가 천둥을 쳤어. 마음이 설레어 아침도 먹는 둥 마는 둥 한 탓이야. 터덜터덜 집으로 돌아가다가 분식집에 들러 김밥, 라면, 순대, 떡볶이를 시켜서 혼자 꾸역꾸역 다 먹어 치웠어.

그리고 이틀 뒤 월요일부터 호야는 학교에 나오지 않았어. 그날 놀이터에서 호야는 대체 뭘 들었던 걸까? 항상 웃는 얼굴로 다른 사람을 챙기던 호야였는데, 그런 모습은 처음이었어. 갑자기 엄청난 토네이도 속에 갇혀 버린 사람 같았달까? 겁에 질린 것 같기도 하고 슬퍼 보이기도 하고, 아무튼 어쩔 줄 몰라 하던 호야의 표정이 떠올라서 걱정이 되었어.

토요일에 서일교, 심예슬, 염하은이 모두 약속 장소에 나오지 않은 것과 관련이 있는 걸까? 하지만 그 애들은 아무렇지도 않아 보였어. 변함없이 '제육볶음'이라 부르며 나를 놀리고 모욕했어.

화장실에서 서일교에게 맞던 날, 복도에서 수학쌤을 만났어. 쌤이 깜짝 놀라 누구한테 맞은 거냐고 물어봤지만 넘어진 거라고 둘러댔어. 서일교를 감싸 주려고 그런 건 아니야. 쌤들한테 말해 봤자, 학폭이 열리고 강제 전학을 보내 봤자, 서일교를 내 인생에서 치워 버릴 수는 없다는 걸 이미 알고 있었거든. 일을 크게 만들면 결국 나만 더 피곤해질 게 뻔했으니까.

대신에 나를 괴롭힌 그 애들을 영원히 용서하지 않겠다고 다짐했어. 요전 날, 호야의 제안을 듣고 그 애들과도 친구가 될 수 있으리라는 허황된 꿈을 꾸었던 걸 후회하면서. 그때 나는 혼자서 그 애들을 용서할 마음의 준비를 하고 있었어. 정작 걔들은 용서를 구할 생각 따위는 눈곱만큼도 없었는데 말이야. 진짜 지나가던 개가 웃을 일이지. 그 애들은 그동안 나를 친구로 대해 주기는커녕 사람 취급도 안 했어. 저희 기분 내키는 대로 나를 장난감처럼 갖고 놀았지. 서일교는 아무 잘못도 없는 나를 때리고 짓밟기까지 했어. 그때 내 마음이 어땠을지 걔들은 단 한 번이라도 생각해 본 적이 있을까?

목소리가 떨려 나왔지만 나는 주먹을 꽉 쥐고 눈물을 꾹 참으며 말했어.

"너희하고는 유튜브든 뭐든 같이 할 생각 절대로 없어!"

그리고 얼빠진 얼굴로 서 있는 그 애들을 뒤로한 채 내 자리로 돌아왔어.

동우야, 너만은 나에게 잘했다고 말해 줄 거라 믿어. 그렇지?

17
심예슬

이건 또 무슨 일인지. 이틀 연속으로 강펀치를 맞는 느낌이다. 어제는 이재욱한테 오른뺨을, 오늘은 누군지 모를 민원인에게 왼뺨을 연달아 팡! 팡!

어제 아침에는 평소보다 서둘러 학교에 갔다. 눈 맞춤인지 뭔지 이상한 벌칙을 받고 싶지 않아서였다. 그런데 내가 일등으로 왔는지 교실 문이 아직 잠겨 있었다. 열쇠를 가지러 교무실에 갔다가 조민정 쌤이 수학쌤이랑 하는 말을 들었다.

"호연이 소식을 들었어요. 오늘 다시 찾아가 보려고요."

"조 선생님이 애를 많이 쓰시네요. 임시로 담임을 맡고 계신데도⋯."

나는 하은이가 오자마자 교무실에서 들은 이야기를 전했다. 그리고 조심스럽게 덧붙였다.

"이따 조민정 쌤이 호야를 찾아간다는데 우리 같이 가 볼래?"

하은이는 호야랑 친하긴 했지만, 워낙 남의 일에 관심 없고 쌀쌀맞은 애라 별 기대 없이 한 말이었다. 그런데 웬일로 하은이가 좋다고 하며 이야기를 덧붙였다.

"우연히 알게 된 건데, 실은 호야가 우리랑 같이 뭘 만들고 싶어 했어."

"우리?"

"응. 너랑 나, 서일교, 이재욱."

"뭘 만들고 싶어 했는데?"

하은이는 호야의 계획을 들려주면서 넷이 함께 가서 호야를 설득하면 호야가 마음을 풀지도 모른다고 했다. 듣고 보니 그럴 듯했다. 그때 마침 서일교가 가방도 없이 슬리퍼를 찍찍 끌며 교실에 들어왔다. 서일교는 하은이 이야기를 다 듣더니 흔쾌히 같이 가겠다고 했다. 일이 술술 풀려 가는 것이 마냥 신나서 이재욱이 얼른 오기만을 목을 빼고 기다렸다.

그런데 종 칠 때가 다 돼서야 겨우 나타난 이재욱은 우리 제안을 단칼에 거부해 버렸다. 우리는 단체로 멘붕에 빠지고 말았다. 결국 어제는 호야를 찾아가지 말고 다시 한번 이재욱을 설득해 보자고 결론을 내렸다.

그런데….

오늘 조회 시간에 조민정 쌤 대신 수학쌤이 들어왔다. 수학쌤은 심각한 표정으로 백지를 한 장씩 나눠 주면서 말했다.

"조·종례 시간이나 수업 시간에 조민정 선생님이 하셨던 말씀이나 행동 중에서, 음… 그러니까, 그게."

수학쌤은 난처한 표정으로 쉽게 말을 잇지 못했다. 여기저기에서 웅성대는 소리가 들렸다.

반장 김강민이 손을 들고 일어났다.

"선생님, 저희 담임 선생님께 무슨 일이 생겼나요?"

수학쌤이 안경을 치켜올리고 말했다.

"누가 익명으로 교장실에 투서를 했다. 학교와 교육청 홈페이지에도 같은 내용이 올라왔고. 내용은… 음, 그러니까."

수학쌤은 또 말을 잇지 못했다. 답답하다는 듯, 한 아이가 큰 소리로 물었다.

"내용이 뭔데요?"

"음, 그건 알 필요 없고. 아무튼 조민정 선생님이 하신 말씀이나 행동 때문에 상처받은 게 있다면 빠짐없이 모두 적으면 된다. 예를 들어, 선생님이 금품을 요구하는 듯한 말을 했다든지…."

"네에?"

나는 놀랐다. 다른 애들도 모두 어안이 벙벙한 표정들이었다. 조민정 쌤이 좀 덜렁거리고 엉뚱한 면이 있긴 하지만, 수학쌤이 예로 든 것과는 전혀 어울리지 않았기 때문이다.

김강민이 또 손을 들고 일어났다.

"설마 투서 내용이 그런 건가요?"

수학쌤은 곤란한 듯 큼큼 헛기침을 했다.

"그건 알 필요 없고. 자 자, 눈치 보지 말고 조금이라도 생각나는 게 있으면 망설이지 말고 쓰길 바란다. 물론 자기 이름은 쓰지 않아도 돼."

나는 주변을 둘러보았다. 대부분 황당하다는 표정이었지만, 몇몇 애들은 손으로 종이를 가린 채 뭔가를 적어 내려가고 있었다. 개중에는 낄낄거리며 장난을 치는 애들도 있었다.

두 번씩 접어 제출한 종이를 모두 걷어서 수학쌤이 나가자, 교실은 한바탕 난리가 났다.

"와, 조민정 쌤 그렇게 안 봤는데! 앞에선 열라 순진한 척하더니 뒤로는 뇌물을 챙긴 거야?"

"야! 말 함부로 하지 마! 아직 확실하지도 않은데."

"연예인들 봐. 열애설 터지면 처음에는 다 아니라고 하지. 사진이라도 찍혀야 겨우 인정하잖아. 처음에는 좋은 오빠 동생으로 지내다가 어쩌고 하면서 말이야. 다 그런 거야."

"그거랑 이거랑 같냐?"

"그나저나 우리 반은 담임 또 바뀌는 거야? 아, 뭐야!"

'아무말대잔치'가 벌어지는 교실 속에서 조민정 쌤은 뒤로 호박씨 까는 가해자도 됐다가, 억울하게 모함을 받은 피해자도 됐다가 했다. 곧 1교시 시작하는 종이 울렸고, 다른 반을 가르치는 국어쌤이 들어와서 조용히 자습하라고 했다.

역시 조민정 쌤은 그 일 때문에 학교에 못 나온 걸까? 호야에 관한 단서를 아는 사람은 조민정 쌤밖에 없는데. 호야와의 유일한 연결 고리가 되어 줄 쌤마저 사라져 버리다니, 낭패도 이런 낭패가 없었다.

가슴 깊은 곳에서 한숨이 새어 나왔다. 후유….

18
염하은

지금 나한테 중요한 건 조민정 쌤이 아니다. 연습실에 있는 내 사물함을 비워 달라는 문자가 며칠 전부터 계속 오고 있었다.

수업이 끝나자마자 예슬이는 서일교랑 셋이서 대책을 의논하자고 했다.

"무슨 대책?"

내가 시큰둥하게 묻자 예슬이는 눈을 동그랗게 떴다.

"이재욱의 마음을 돌릴 방법을 찾아야지. 이대로 호야 포기할 거야?"

예슬이가 호야한테 왜 저렇게 집착하는지 모르겠다. 나도 호야에게 미안한 마음은 있지만, 이재욱이 싫다는데 어쩔 수 없는 일 아닌가? 게다가 연습실에 가는 걸 더는 미룰 수 없었다.

"난 바빠서. 너희 둘이 잘 의논해 봐."

황당해하는 예슬이와 서일교를 뒤로하고 걸음을 재촉했다. 팀 애들이 연습하러 오기 전에 서둘러 짐을 챙겨 와야 했다. 팀 애들과 마주치는 최악의 상황만은 정말이지 피하고 싶었다.

연습실 계단을 올라가고 있는데 위쪽에서 문소리가 들리더니 곧이어 재잘대는 소리와 함께 발소리가 들렸다. 나는 놀라서 허둥지둥 계단을 뛰어 내려갔다. 지난번에 몸을 숨겼던 쓰레기더미 뒤로 급히 가려는데, 낭랑한 목소리가 내 귀에 날아와 꽂혔다.

"다빈아! 같이 가."

나는 그 자리에 우뚝 멈춰 섰다. 기획사를 나온 뒤로는 다빈이를 한 번도 만나지 못했다. 아마 앞으로도 쭉 그럴 거다. 이제 우리 둘은 완전히 다른 세상에서 살아가고 있으니까 말이다. 그러니 어쩌면 지금이 마지막 기회일지 모른다. 그 생각이 내게 용기를 주었다. 적어도 한 번은 묻고 싶었다. 다빈이한테 직접 대답을 듣고 싶었다.

나는 계단 밑에서 잠자코 기다렸다. 열 명 남짓한 여자애들이 우르르 내 곁을 지나갔다. 데뷔조 애들이었다. 다빈이는 소문대로 데뷔조로 뽑힌 것이다. 익숙한 라임향이 코끝을 스쳤다. 다빈이가 즐겨 쓰는 향수다.

"전다빈."

내 목소리에 다빈이가 뒤를 돌아보았다. 잠시 눈빛이 흔들리는가 싶더니 곧 평소의 말간 얼굴로 내게 인사를 건넸다. 평온한 목소리였다.

"하은아, 오랜만이야."

데뷔조 애들을 태우러 온 검은 밴이 길가에 서 있는 게 보였다. 시간이 없었다. 단도직입적으로 말해야 했다.

"그거, 내 글이잖아."

곁에 있던 애들 몇 명이 우리를 힐끔거렸다. 다빈이 얼굴에 당황한 기색이 떠올랐다.

"무슨… 말이야?"

밖에서 검은 밴이 빵빵거렸다. 다빈이가 싸늘하게 말했다.

"오해가 있는 거 같은데 담에 얘기하자, 하은아."

나는 뛰어가는 다빈이의 등 뒤에 대고 소리쳤다.

"가사 쓰기 미션, 내 글 보여 달라고 했잖아. 그걸 그대로 베껴서 내면 어떡해?"

다빈이는 걸음을 멈추지 않았다. 어떤 애가 나를 돌아보며 다빈이에게 뭐라고 묻는 것 같았다. 다빈이는 우아하게 미소 지으며 그 애한테 뭐라고 속삭였다. 그리고 둘은 함께 밴에 올랐다. 문이 닫히고 밴은 곧바로 출발했다.

혼자 남은 나는 계단참에 주저앉았다. 다빈이가 같은 팀원에게 뭐라고 얘기했을지 짐작할 수 있었다.

'아, 재? 나랑 같은 연습 팀이었는데 지난 평가 때 최저점 받아서 퇴출당했거든. 근데 자꾸 딴 핑계를 대네. 자기 실력이 부족해서 쫓겨난 거라고 인정하기 싫은 모양이야.'

실제로 그런 애들이 종종 있었다. 실력이 안 돼서 퇴출당한 주제에, 팀 분위기나 회사가 마음에 들지 않아 그만둔다는 식으로 말하고 다니는 애들 말이다. 하지만 나는 아니었다. 꼭꼭 묻어 놓았던 억울함이 두더지 게임의 두더지들처럼 꾸역꾸역 고개를 쳐들고 올라왔다. 역시 호야 말을 들었어야 했나?

그날 내 비밀을 듣고 나서 호야는 단호하게 말했었다.

"사실대로 밝혀. 네가 쓴 글이라고."

하지만 나는 그럴 수 없었다.

"누가 내 말을 믿어 주겠어? 그러잖아도 나는 다빈이 따라 하는 애로 팀원들한테 찍혀 있단 말이야. 내 글이라고 했다간 나만 더 욕먹고 말 거야."

"그건 진실이 아니잖아."

"진실이 뭐가 중요해? 사람들이 믿는 게 결국 진실이 되는 거야. 이미 실장님도, 팀원들도 전부 다빈이 말이 진실이라고 믿고 있는데 내가 뭘 어쩌겠어?"

호야는 답답한 듯 한숨을 내쉬었다. 나는 체념하며 말했다.

"그 글을 다빈이가 아닌 내가 제출했다고 치자. 그렇다고 나를 데뷔조로 뽑아 줬겠어? 노래 실력도, 춤 실력도 꼴찌인데. 어차피 다빈이한테 데뷔는 시간문제였어. 미션마다 일등이었지, 사장님 빽도 있지. 그 글 아니어도 데뷔조에 뽑힐 이유가 충분하다고."

호야는 쓸쓸한 얼굴로 내게 말했다.

"그러면 네 마음은? 억울하고 속상한 그 마음은 어떡해?"

눈물이 핑 돌았다. 호야는 훌쩍이는 내 등을 가만히 쓸어 주었다. 그때 처음 알았다. 이 넓은 세상에서 단 한 사람이라도 내 마음을 진심으로 알아준다면 아무리 억울한 일도 그럭저럭 견딜 만해진다는 것을.

…그런데 호야랑 이야기한 다음 날 연습실에 가니 팀원들 분위기가 이상했다. 전에도 나를 은근히 무시하는 애들은 있었지만 이젠 아예 대놓고 상대하지 않으려는 게 느껴졌다. 게다가 다빈이까지 눈에 띄게 나를 차갑게 대했다. 마치 나만 쏙 빼놓기로 다 같이 약속이라도 한 것 같았다.

그 뒤로도 따돌림은 계속됐다. 저희끼리 놀러 가서 찍은 사진을 연습실 사물함에 보란 듯이 붙여 놓기도 하고, 저희끼리 한창 이야기하고 있을 때 내가 들어가면 "이따 다시 얘기해." 하며 말을 뚝 끊어 버리기도 했다. 영문을 알 수 없으니 나로서는 속수무책으로 당할 수밖에 없었다.

그러다 급기야 '그 일'까지 일어나고 말았다. 팀 미션 곡을 정할 때는 다 같이 모여서 미리 연습한 곡 가운데 하나를 정하는 게 원칙이다. 그런데 그렇게 정해 놓은 미션 곡을 팀 애들이 저희끼리 바꿔 놓고는 아무도 내게 알려 주지 않은 것이었다. 미션을 발표하는 날, 내가 연습한 것과 다른 곡이 나오자 나는 그냥 엉거주춤 서 있었다. 당연히 방송팀의 실수라고 생각했기 때문이다. 그런데 나를 제외한 다른 애들은 일사불란하게 음악에 맞춰 춤추며 노래를 하는 것이었다. 나는 너무 당황한 나머지 내내 허둥대다가 곡을 마치고 말았다. 그리고 그 미션 이후 얼마 지나지 않아 나는 계약 해지 통보를 받았다.

미션 발표가 끝나고 황망해하는 나에게 팀원들은 저마다 뻔한 변명을 늘어놓았다.

"어머, 미션 곡 바뀐 거 몰랐구나. 당연히 누가 얘기해 준 줄 알았지."

나는 아무라도 붙잡고 따져 묻고 싶었다. 나한테 대체 왜 이러는 거냐고.

마냥 답답해 하던 내게 힌트를 준 사람은 가끔 연습실에서 마주치던 다른 연습 팀 언니였다.

"너 염하은 맞지? 전에 너희 팀 없을 때 네 친구라는 애가 찾아왔었어. 네 사물함 어디 있는지 물어보길래 알려 줬는데, 괜찮은 거 맞지?"

내 친구 중에 연습실을 아는 사람은 호야뿐이다. 호야가 나 몰래 여길 다시 다녀간 것이다. 갑자기 머릿속에서 퍼즐이 맞춰지는 느낌이 들었다. 호야는 내게 진실을 밝혀야 한다고 했다. 하지만 내가 말을 듣지 않으니 자기가 직접 나선 것이다. 아마도 호야는 다빈이에게 따져 물었을 것이다. 바로 그게 다빈이마저 내게 등 돌린 이유일 거다. 그리고 다빈이까지 저희 편이 되자 거리낄 게 없어진 팀 애들은 대놓고 나를 따돌린 것일 테다. 그렇게 생각하니 아귀가 척척 들어맞았다.

나는 호야에게 참을 수 없이 화가 났다. 호야가 내 일에 함부로 끼어들어 모든 걸 망쳐 버렸다고 생각했다. 의심은 호야가 나랑 통화하면서 몰래 녹음을 했다는 김강민의 말에 확신으로 바뀌었다. 그래서 나는 마치 기다렸다는 듯이 호야에게 저주의 말을 퍼부었던 것이다.

그러나 이젠 잘 모르겠다. 김강민의 행동이 찜찜한 건 사실이지만 그렇다고 호야에 대한 의심이 완전히 사라진 것도 아니었다. 아무튼 지금은 팀 애들이 오기 전에 얼른 사물함에 있는 내 짐을 챙겨 나오는 게 급선무였다.

나는 서둘러 로커룸으로 들어가서 내 사물함을 열었다. 운동복과 수건 따위를 꺼내 종이 백에 쓸어 담는데 잘 포장된 네모난 물건이 눈에 들어왔다. 이런 걸 넣어 둔 적이 없는데…? 급한 마음에 일단 챙겨서 서둘러 연습실을 나왔다.

집에 돌아와 포장지를 풀어 보았다. 오래된 비밀을 품고 있는 듯한 가죽 커버 노트였다. 노트 사이에는 말린 꽃이 붙은 카드가 꽂혀 있었다.

사랑하는 내 친구 하은아,

나는 말이야, 진실은 암흑 속에 숨어 있는 태양 같은 거라고 생각해.

아무리 감추려고 해도 언젠가는 세상에 드러나 그 찬란한 빛을 내게 되어 있다고.

이번에 네가 쓴 글은 다른 사람에게 빼앗겼지만, 세상 어느 누구도 너의 재능과 노력까지 훔쳐 갈 수는 없잖아. 언젠가는 반드시, 염하은이 태양처럼 환하게 빛나는 날이 오리라고 믿어.

그러니 여기서 주저앉지 말고 앞으로도 계속 글 써야 해.

언제 어디서든 널 항상 응원할게.

네 친구 호야가.

머리를 호되게 얻어맞은 듯했다. 호야가 연습실에 몰래 온 이유는 내 인생을 망치기 위해서가 아니었다. 나를 위로하고 응원해 주기 위해서였다. 그런데 나는 대체 호야한테 무슨 짓을 한 거지? 머릿속이 온통 하얗게 굳어 버렸다.

…호야.

19
심예슬

바쁜 일이 있다며 하은이가 부리나케 가 버리고 난 후, 서일교와 나만 덩그러니 교실에 남았다. 어색하기 짝이 없었다. 도대체 무슨 말을 해야 할지 몰라 쩔쩔매다가 갑자기 이 생각이 머리를 스쳤다.

'아, 지금은 하은이가 옆에 없지?'

늘 하은이 눈치를 살피다 보니 아예 버릇이 됐나 보다. 게다가 서일교한테 바나나우유 준 걸 들킨 뒤로는 하은이가 옆에 없어도 마음이 놓이지 않았다.

"심예슬."

그때 서일교가 내 이름을 불렀다. 쿵! 이상하다. 내 심장은 방금 떨어진 거 같은데, 왜 이리 쿵쾅대지?

"전에 나한테 바나나우유 줬잖아. 그거 왜 준 거야?"

심장아, 제발 그만 좀 나대 줄래? 도무지 집중할 수가 없잖아. 근데 갑자기 그건 왜 물어보는 거지? 뭐라고 대답해야 하지?

서일교한테 내 마음을 전하면서 동시에 하은이한테 꼬투리 잡히지 않을 만한 대답이 뭘까 고민하려니 머리가 터질 것 같다. 그때 서일교가 다시 물었다.

"혹시 호야한테 내 얘기 뭐 들은 거 있어?"

"어? 아, 아니. 그, 그냥 바나나우유 좋아한다고만…."

결국 바보같이 더듬거리고 말았다. 서일교는 잠시 생각하는 눈치였다. 그러더니 한쪽 어깨에 가방을 휙 걸치고는 돌아서서 교실을 나갔다.

서일교랑 가까워질 절호의 기회였는데! 나는 안타까워서 발을 쿵쿵 굴렀다. 할 수 없었다. 이제 나 혼자서라도 어떻든 이재욱의 마음을 돌릴 방법을 찾아보는 수밖에.

조민정 쌤이 아니면 다른 쌤들한테라도 호야 소식을 알아보려고 교무실 앞을 기웃거렸다. 음악쌤이 수학쌤이랑 심각한 표정으로 이야기하고 있는 모습이 눈에 들어왔다. 나는 슬쩍 교무실 안으로 들어가 귀를 쫑긋 세웠다. 음악쌤의 흥분한 목소리가 또렷이 들렸다.

"징계 위원회요? 아니, 명확한 증거도 없다면서요?"

"출장 기록이 남아 있잖아요. 출근 첫날부터 바로 어제까지 하루도 빠짐없이 가정 방문을 다녔어요."

"아니, 그건 호연이 찾으러 다닌 거잖아요. 부장님도 아시면서."

"물론 조 선생님은 그렇게 말했지요. 하지만 투서와 홈페이지에 올라온 글에는 조 선생님이 가정 방문을 가서 학부모들에게 금품을 요구했다는 말이 있어요."

"그 말을 믿으시는 거예요? 익명이라면서요. 누가 없는 말을 지어내서 모함하는지도 모르잖아요."

수학쌤은 깊은 한숨을 내쉬었다.

"뭔가 있으니 징계 위원회가 소집됐겠지요."

음악쌤의 목소리가 은밀해졌다.

"혹시 목격자라도 나왔나요?"

그때 수학쌤이 나를 발견하고는 흠칫 놀라며 말했다.

"예슬이 너, 여기서 뭐 하니?"

"아, 저 그게···."

내가 당황해서 머뭇거릴 때 뒤에서 익숙한 목소리가 들렸다.

"호연이네 주소 좀 알려 주세요."

서일교, 너 나랑 똑같은 생각을 한 거니! 하지만 수학쌤은 성가신 파리 떼를 쫓듯 휘휘 손을 내저었다.

"그건 개인 정보라 함부로 알려 줄 수 없어."

서일교가 황당하다는 듯 말했다.

"친구 집 알려 달라는 건데 그것도 안 돼요?"

"어허, 요즘 그런 문제가 얼마나 민감한 줄 알아?"

수학쌤은 서일교를 힐끔 보더니, 한마디를 덧붙였다.

"그리고 막말로, 너희가 친구인지 학폭 가해자인지 어떻게 알아?"

"쌤!"

내가 발끈했지만 수학쌤은 눈도 깜빡하지 않았다.

"그러잖아도 요즘 가뜩이나 골치 아픈데, 너희까지 보태지 말고 어서 가."

우리는 어쩔 수 없다는 눈빛을 주고받았다. 내가 말했다.

"그럼 조민정 쌤 연락처라도 가르쳐 주세요."

"그것도 안 돼."

"그건 또 왜 안 돼요?"

"조민정 쌤은 당분간 학생들이랑 접촉 금지야."

"네? 왜요?"

"그건 알 거 없어."

"아, 쌔앰!"

우리는 수학쌤의 팔을 붙들고 늘어졌지만 소용없었다.

"글쎄, 안 된다면 안 되는 줄 알아! 지금 조사 중이니까 결론 날 때까지 기다려, 좀!"

"그게 언젠데요?"

"나도 몰라! 모른다고! 일 좀 하자, 녀석들아. 지금 처리할 공문이 산더미야!"

우리는 수학쌤에게 쫓겨나다시피 교무실을 나와야 했다. 수학쌤이 문을 쾅 닫으며 소리를 질렀다.

"괜히 들쑤셔서 일 복잡하게 만들지 말고, 가만히 기다리고들 있어!"

"어휴, 이제 어쩌지?"

내가 한숨을 내쉴 때, 서일교가 눈을 번뜩였다.

"아무래도 그 자식이 의심스러워."

"누구 말이야?"

"아까 못 들었어? 목격자가 있다잖아. 조민정 쌤이 호야 찾아갈 때 김강민이랑 같이 가는 걸 봤어. 아무래도 그 자식이 거짓말한 거 같아."

"김강민이? 왜?"

"그거야 나도 모르지. 아무튼 그 자식이 예전에 한 짓도 있고."

가만히 생각해 보니 이상하긴 했다. 호야 생일에 나무놀이터로 가고 있을 때였다. 김강민이 뜬금없이 전화해서는, 호야가 그동안 나랑 통화하면서 몰래 녹음해 놓은 사실을 아느냐고 했다. 속을 알 수 없는 음흉한 자식이라는 둥, 하은이랑 네 사이에 끼어 둘을 이간질한다는 둥, 김강민이 늘어놓는 소리를 듣다 보니 호야가 내 비밀을 하은이한테 까발린 것 같다는 느낌이 점점 더 강해졌다.

마침내 나는 잔뜩 흥분해서는 분이 풀릴 때까지 호야 욕을 해 대고 전화를 끊었다. 그러고는 그대로 발길을 돌려 집으로 갔던 것이다.

그런데 김강민이 나와 호야의 통화 녹음을 들었다면, 어쩌면 하은이에게 내 비밀을 흘린 사람은 김강민일 수도 있다! 여태 그걸 생각하지 못하다니!

나는 살짝 갈등하다가 서일교한테 그 일을 털어놓았다.

"김강민 그 자식, 도대체 무슨 꿍꿍이지?"

"불러다 물어볼까?"

"뱀처럼 간사한 그 자식이 곧이곧대로 말해 주겠냐?"

"하긴. 그럼 어쩌지?"

"증거를 들이대야지. 꼼짝달싹 못 하게. 과학 수사라고 들어 봤냐?"

"하지만 증거가 어디 있어?"

"쌤이 금품을 요구했다는 글, 학교 홈페이지에 올라와 있다고 했지? 컴퓨터 잘하는 애들은 아이피 추적 뭐 그런 걸로 누가 올렸는지 알아낼 수 있지 않나?"

"나도 그런 말 들은 적 있어. 우리 반에서 컴퓨터 제일 잘하는 애가 누구지?"

내 말에 서일교의 표정이 일그러졌다. 우리 둘은 또 같은 사람을 떠올리고 있는 게 분명했다.

"…이재욱!"

20
이재욱

동우에게.

오늘은 좀 이상한 날이었어. 아주 오랜만에 너와 조금 가까워진 느낌이 들었거든.

또 간신히 지각을 면한 내가 헉헉대며 교실에 들어가자마자 심예슬이 기다렸다는 듯이 다가와서는 진지한 표정으로 이러는 거야.

"학교 홈페이지에 익명으로 올라온 글, 누가 썼는지 넌 알아낼 수 있지? 아이피 추적인지 뭔지 그런 걸로. 전에 고장 난 교실 컴퓨터도 네가 뚝딱 고쳤잖아."

장난치는 것처럼 보이진 않았어. 나는 어이가 없어서 할 말을 잃었어.

"야, 그건 진짜 어쩌다가…. 아, 됐고. 난 못해."

"너 아직 우리한테 화나서 그래? 그러지 말고, 재욱아! 응? 부탁이야."

심예슬은 나를 사이버 수사 대원쯤으로 여기는 게 분명했어.

"그게 아니라, 난 진짜로 못한다고. 아이피 추적은 경찰이 하는 일이야."

심예슬이 알았다는 듯 고개를 끄덕이더니 가방을 주섬주섬 뒤지며 말했어.

"그래, 네 맘 다 알아. 그럴 줄 알고 내가 준비했지. 짜잔!"

소시지빵이었어. 그것도 두 개나! 새콤달콤한 케첩 냄새가 코끝을 간지럽혔지. 손이 제멋대로 올라가 하마터면 소시지빵을 덥석 집을 뻔했어. 나는 소스라치게 놀라 얼른 돌아섰어. 그까짓 소시지빵, 매점 가서 사 먹으면 그만이니까. 그런데 내 마음을 읽기라도 한 듯 심예슬이 내 등 뒤에 대고 소리치지 뭐야.

"지금 매점 가 봐야 소용없어. 마지막 두 개 남은 거, 내가 싹 쓸이해 온 거야."

나는 두 발이 묶여 버린 것처럼 우뚝 멈춰 섰어. 심예슬이 내 주머니에 소시지빵을 찔러 넣으며 살살 달랬어.

"재욱아, 부담 느끼지 말고 먹어. 그리고 아이피 추적은 한번 생각만 해 줘. 이따 학교 끝나고 다시 얘기하자, 응?"

내 자존심을 알량한 소시지빵 두 개와 바꿀 것 같으냐! 나는 호기롭게 저항해 보려 했지만, 주머니에서 올라오는 케첩 냄새와 탱글탱글한 소시지의 감촉에 결국 두 손을 들고 말았지.

게 눈 감추듯 소시지빵 두 개를 꿀꺽 삼키고 나니 학교 홈페이지에 무슨 글이 올라왔기에 저러는지 궁금하긴 하더라고. 쉬는 시간이 되자마자 스마트폰을 꺼내 학교 홈페이지에 접속해 봤어. 익명으로 올라온 글이라면 열린 마당에 있을 테니까.

No. 685	> 신귀중학교 교사의 금품 비리를 제보합니다!
	ㄴ 관리자에 의해 삭제된 글입니다.

교사의 금품 비리라면? 어제 아침에 수학쌤이 들어와서 조민정 쌤이 금품을 요구한 적이 있는지 쓰라고 했던 이유가 이 글때문이었나? 그럼 심예슬도 이 글 때문에? 근데 누가 이런 글을올렸지? 심예슬은 글 쓴 사람을 왜 찾아내려 하고? 그나저나 조민정 쌤은 정말 학생들에게 돈을 받았을까? 원래 담임쌤보다 훨씬 착해 보였는데….

꼬리에 꼬리를 물고 이어지는 궁금증 때문에 머리가 터질 것같았어. 아이피를 추적할 수만 있다면 해 보고 싶은 마음까지 들었다니까. 하지만 그런 고급 기술이 내게 있을 리 없잖아. 나는 스마트폰을 집어 던지고 책상에 엎드려 버렸어. 빵 두 개로 배를 채웠더니 잠이 솔솔 왔어.

푹 자고 일어났더니 어느새 집에 갈 시간이 가까워지고 있었어. 이제 쌤들은 내가 엎드려 자도 지적조차 하지 않아. 하긴 나 따위가 있든 말든 수업하는 데 무슨 상관이 있겠어? 자다가 일어나 보면 텅 빈 교실에 나 혼자 덩그러니 있을 때도 종종 있었어. 운동장으로 나가거나 음악실에 가면서 아무도 나를 깨우지 않고 내버려 둔 거지. 그럴 때마다 이 학교에 계속 다녀야 하나 심각하게 고민하곤 했어. 어느 날 내가 없어진대도 이 교실의 풍경은 아무것도 달라지지 않을 거야. 내가 없어진 사실을 알아차리는 사람이 있기는 할까.

가방을 챙겨 교실 문을 나오는데 누가 뒤에서 내 어깨를 쳤어. 돌아보니 심예슬이 어색하게 웃으며 서 있었어.

"재욱아, 배 안 고파? 내가 떡볶이랑 순대 사 줄까?"

이게 누굴 진짜 돼지로 아나? 나는 무시하고 교실을 나왔지. 뒤에서 심예슬이 욕설을 내뱉으며 투덜대는 소리가 들렸어. 그런데 포기하고 가 버릴 줄 알았던 심예슬이 나를 졸래졸래 따라오는 거야.

"내가 새로 뚫은 분식집인데 정말 맛있어. 내장도 서비스로 진짜 많이 주고, 끝내주는 어묵이 무한 리필이야. 같이 가자, 응?"

내가 갑자기 걸음을 멈추자 뒤쫓아오던 심예슬이 내 등짝에 코를 박았어.

"아야!"

"난 진짜 못한다고! 아이피 추적은 사이버 수사대가 하는 일이야. 조민정 쌤 신고하는 글을 누가 썼는지 그렇게 궁금하면 경찰에 신고해 보든가!"

심예슬이 얼굴을 바싹 들이대더니 배시시 웃었어.

"헤헤, 찾아봤구나? 사실은 너도 궁금하지?"

나는 눈길을 딴 데로 돌려 버렸어. 하지만 심예슬은 아랑곳하지 않고 내 옆에 바짝 붙어 종알거렸어.

"어휴, 다 솔직히 말할게. 사실 처음에는, 호야 때문에 너한테 도움을 청한 게 맞아. 그래, 넌 당연히 기분이 나빴겠지. 그런데 갑자기 조민정 쌤까지 억울하게 모함을 받은 거야."

"모함?"

"응. 우린 그렇게 생각해."

심예슬은 반장을 의심하고 있다고 털어놓았어.

"증거는 없지만, 여러모로 의심 가는 정황이 있어. 김강민, 겉으로는 안 그래 보이지만 알고 보면 속이 아주 시커먼 자식이야."

그 순간, 문득 떠오르는 기억이 있었어.

그래, 반장이었어! 왜 여태 그걸 몰랐지? 내가 과학실에서 잠드는 바람에 복도에서 서일교가 호야랑 얘기하는 소리를 우연히 듣게 된 날, 음악실에서 나와 뛰어가던 키 크고 호리호리한 사람.

그게 바로 반장이었어. 반장은 과학실에 두고 간 출석부를 가지러 왔다가 서일교와 호야를 보고 음악실에 숨어서 나처럼 두 사람의 대화를 엿들었던 거야.

내가 이 얘기를 하자 심예슬의 눈이 튀어나올 듯 커졌어.

"대박!"

심예슬은 자기가 알고 있는 이야기를 몇 가지 더 해 줬어. 나는 심예슬 이야기에 점점 흥미를 느꼈어. 우리는 심예슬이 새로 뚫었다는 분식집에 가서 떡볶이, 순대, 김밥과 어묵을 주문했어. 우리 둘은 먹고 떠드느라 입이 쉴 틈이 없었지. 접시 위의 음식들은 빠른 속도로 사라져 갔어.

빈 접시들을 보니 문득 호야의 생일날이 다시 떠올랐어. 풀이 죽어 도망치듯 가는 호야를 용기 내어 불러라도 볼걸. 다른 친구들이 오지 않으면 우리 둘이서라도 생일 파티를 하면 되지 않느냐고 말할걸. 호야 생일을 축하하며 떡볶이라도 함께 먹었으면 좋았을걸. 호야가 내게 손 내밀어 준 것처럼 나도 그렇게 했더라면 호야가 이렇게 오랫동안 결석하는 일은 없었을지 모르는데.

동우 너라면 분명 그렇게 했을 거야. 그런데 지금 나에겐 그게 왜 그렇게 힘든 일이 됐을까. 무척이나 쓸쓸해 보였던 호야의 뒷모습이 자꾸만 떠올라 마음이 무거워졌어.

내 표정이 어두워진 걸 눈치챘는지 심예슬이 물었어.

"재욱아, 떡볶이 더 시킬까?"

"됐어. 넌 내가 진짜 돼지인 줄 아냐?"

심예슬은 멋쩍은 듯 웃었어. 나는 문득 궁금해졌어.

"근데 넌 조민정 쌤 일에 왜 그렇게 신경을 써? 쌤이 모함을 받든 말든 솔직히 너랑은 상관없잖아."

내 말에 심예슬은 곰곰이 생각에 잠기는 눈치였어.

"처음에는 호야 소식을 쌤만 알고 있어서 호야를 찾으려고 그런 거였는데, 만약 쌤이 억울한 일을 당하고 있는 거면 도와줘야겠다는 생각이 들었어. 억울한 일을 당하는데 다들 모른 척하면 그건 너무…."

심예슬은 순간 울컥한 듯 잠시 말을 멈추었어.

"열받잖아."

"죽고 싶지."

우리는 동시에 말해 놓고 서로를 쳐다보았어. 쿡 웃음이 터졌어. 내가 또 말했어.

"확 패 버리고 싶지."

심예슬이 이어 받았어.

"패 죽이고 싶지!"

"너희도 똑같이 당해 봐라, 막 저주를 퍼붓고!"

"학교에 불을 확 지르는 상상도 했어. 나만 빼고 다 죽게!"

"아님 엄청 큰 회오리바람이 휘몰아쳐서 학교를 통째로 날려 버리는 거야! 그 치사하고 나쁜 놈들까지 한꺼번에 싹 다!"

"엄청 큰 다이너마이트를 가져다 펑 하고 터뜨리는 건?"

"그것도 좋지!"

우리는 배틀이라도 하는 것처럼 경쟁적으로 외쳤어. 그런데 좀 이상했어. 얘는 심예슬이잖아. 교실 피라미드 꼭대기에 있는 심예슬. 근데 왜 이렇게 말이 잘 통하지? 꼭 억울한 일을 당해 보기라도 한 것 같잖아.

내 눈빛을 알아차렸는지 심예슬이 입을 다물었어. 분위기가 어색해졌어. 나는 괜히 컵에 물을 따라 벌컥벌컥 마셨어.

"재욱아, 전에 체육복 때문에 수학쌤한테 혼날 때 억울했지? 누가 네 걸 사물함 속에 처박아 둔 거였잖아. 알면서도 모른 척 해서 정말 미안해. 그리고 널 제육볶음이라고 놀린 것도 사과할 게."

전혀 예상치 못한 심예슬의 말에 놀라서 그만 사레가 들리고 말았어.

"커, 컥컥."

"야, 괜찮아? 물 마셔."

심예슬은 걱정스러운 얼굴로 등을 두드려 주었어. 겨우 진정 되고 나자 갑자기 웃음이 터졌어. 이 모든 상황이 그냥 너무 웃 겼거든. 심예슬도 따라서 깔깔 웃었어.

그날 나는 집으로 돌아오기 무섭게 컴퓨터를 켜고 검색을 시작했어.

익명 글 게시자를 찾는 법….

…내 말대로 진짜 좀 이상한 날이었지?

오늘은 이만 마칠게.

21
염하은

어떻게 하면 호야를 찾을 수 있을까? 스마트폰은 이미 한참 전에 정지됐고, 집도 이사했다는데. 그러고 보니 예슬이가 서일 교랑 같이 호야를 찾아보자고 했었다. 내가 바쁜 일이 있다고 뿌리치고 나와 버리긴 했지만. 요 며칠, 예슬이랑 좀 멀어진 느낌이다. 쉬는 시간이면 예슬이가 항상 내 자리로 오곤 했는데 오늘은 한 번도 나를 찾지 않았다.

주위를 두리번거리다 예슬이를 발견한 순간, 기가 막혔다. 창가 맨 뒷자리! 예슬이가 서일교 옆에 딱 붙어 앉아 있었다.

…뭐야, 심예슬?

나는 자리에서 벌떡 일어나 성큼성큼 다가갔다. 둘은 머리를 맞대고 이야기에 한창 빠져서 내가 가까이 가도 알아채지 못했다.

"무슨 재미있는 일이라도 있어?"

내 말에 예슬이는 소스라치며 벌떡 일어섰다. 눈으로 살벌한 레이저를 발사하면서도 입가에 미소를 잃지 않는 건 나만이 할 수 있는 고급 기술이다. 예슬이는 얼굴이 하얗게 변했지만, 곧 표정을 수습하더니 태연하게 말했다.

"하은이 넌 호야나 조민정 쌤 일에는 관심 없는 것 같아서 우리 둘이 의논하는 거야."

우리? 하, 이게 진짜!

나도 모르게 얼굴이 딱딱하게 굳어 버렸다. 내 표정을 봤으면 분명 화났다는 걸 눈치챘을 텐데도 예슬이는 모른 척 딴청을 부렸다. 너 뭐 잘못 먹었니, 심예슬? 마음 같아선 당장 머리채라도 뜯어 놓고 싶었지만 애써 표정을 가다듬었다. 지금 내가 매달릴 사람은 얄미운 심예슬뿐이니까.

"나도 관심 생겼어. 그러니까 앞으로는 나도 끼워 줘."

"그래, 그럼."

예슬이는 선선히 고개를 끄덕였고, 서일교는 아무 관심 없다는 얼굴이었다. 이것들이 진짜!

"예슬아."

그때 이재욱이 어기적대며 다가왔다. 그런데 예슬이가 반색을 하며 엄청 다정한 목소리로 이재욱한테 이러는 거였다.

"재욱아. 뭐 좀 찾았어?"

"음, 뭐 대단한 건 아닌데…. 정보통신망 이용촉진 및 정보보호 등에 관한 법률 제44조…."

"뭐, 뭐라고?"

"아, 그러니까 결론만 말하면 게시자의 인적 사항 공개를 청구할 수 있다는 거야. 하지만 일단 문제의 글을 캡처해야 하는데, 혹시 캡처본 있어?"

"그건 없는데. 내가 봤을 때 이미 삭제돼 있었거든."

"그럼 어쩌지?"

"근데 재욱이 너 엄청 똑똑하다. 막 법률 몇 조 어쩌고 하니깐, 진짜 있어 보여! 그치, 일교야?"

"그러게."

서일교까지 어색하게 웃으며 맞장구쳐 주니, 이재욱의 입꼬리가 한껏 위로 올라갔다. 참 나, 언제부터 그렇게들 사이가 좋으셨나?

아니꼽기 그지없었다. 팔짱을 끼고 서서 가만히 지켜보고 있자니 가관이었다. 셋이서 무슨 탐정단이라도 만든 것처럼 머리를 맞대고서 법률이 어쩌고 목격자가 어쩌고 해 가며 떠들어 대느라 나 따위는 안중에도 없었다. 항상 내 옆에 붙어 살살 눈치를 살피던 예슬이까지도.

나는 보란 듯이 고개를 꼿꼿이 들고 런웨이를 걷는 모델처럼 당당하게 내 자리로 돌아왔다. 옆을 지나면서 일부러 어깨까지 부딪쳤는데도 예슬이는 뒤따라오는 기색이 없었다. 뒤돌아서 확인하고 싶은 마음을 꾹 참고 귀를 쫑긋 세웠다. 반 애들이 떠드는 소리 사이로, "꺅!", "대박!" 하는 예슬이 특유의 쇳소리 섞인 감탄사만 들려올 뿐이었다.

나는 자리에 털썩 주저앉았다. 낯선 기분이었다. 내게 맞지 않는 누더기를 걸친 것처럼 초라한 기분. 정말 거지 같아.

'나도 너 같은 친구 필요 없어!'

나는 입술을 앙다물고 턱을 치켜들었다.

결국 오전 수업이 끝날 때까지 예슬이는 내게 아는 척 한 번 하지 않았다. 쉬는 시간마다 서일교, 이재욱이랑 붙어서 낄낄거리느라 바빴다. 점심시간에는 내가 입맛이 없어서 급식을 안 먹겠다고 했더니, 기다렸다는 듯 이재욱한테 식당에 같이 내려가자고 했다.

그래, 이딴 식으로 나온다 이거지?

수업이 끝나고 가방을 챙기고 있을 때였다.

"하은아, 우리 모여서 의논할 건데 너도 올래?"

예슬이였다. 나는 샐쭉한 표정으로 가방을 메고 일어섰다.

"됐어. 너희끼리 해. 난 바빠서."

그러자 예슬이는 망설이는 기색조차 없이 바로 돌아섰다. 이젠 대놓고 나를 무시하는구나 싶어 서러운 분노가 치밀었다. 목소리가 떨려 나오는 걸 겨우 참으며 말했다.

"근데, 너…."

예슬이가 멈춰서 고개를 돌렸다.

"아주 신났더라? 서일교 옆에 딱 붙어서."

예슬이 얼굴이 딱딱하게 굳었다.

"일교 오빠는 염하은 언니 거라고, 네 입으로 그러지 않았던가? 싸가지한테."

"그랬지. 그땐 그래도 널 친구라고 생각했으니까."

"뭐, 친구? 넌 친구가 좋아하는 남자한테 꼬리 치니? 그때 네가 일교한테 바나나우유 준 거 다 알아. 아니라고 하면 내가 속을 줄 알았어?"

예슬이는 잠시 멈칫했다. 그러더니 작정한 듯 쏘아붙였다.

"그래, 맞아. 나 서일교 좋아해."

"뭐?"

"나도 오래전부터 서일교 좋아했어. 네 눈치 보느라 한 번도 티 내지 못했을 뿐이야. 나도 많이 힘들었어. 네가 친구라면, 내 처지에서 적어도 한 번쯤은 생각해 줄 수 있는 일 아니니? 네가 진정한 친구라면 말이야."

나는 할 말을 잃고 한참 만에야 겨우 한마디를 내뱉었다.

"우린, 친구가 아니었나 보네."

나는 재빨리 뒤돌아 버렸다. 예슬이랑 더 얘기하다간 눈물이 터질 것 같았다. 그런 흉한 꼴만은 결코 보이고 싶지 않았다.

잰걸음으로 교실을 나왔지만 어디로 가야 할지 알 수 없었다. 할머니는 식당에서 일하다 밤늦게야 오는데, 아무도 없는 집에서 혼자 훌쩍거리고 있기는 싫었다. 습관처럼 스마트폰을 꺼내 들었다. 유튜브 P엔터테인먼트 채널에서 새로운 동영상 알림이 와 있었다. 무심코 클릭한 순간, 숨이 멎는 것 같았다.

'BLUE LEMON 싱글 앨범 MV 티저 공개!'

섬네일 속에서 다빈이가 환하게 웃고 있었다. 떨리는 손으로 동영상을 향해 손을 뻗다가 멈칫했다. 수업이 끝났지만, 학교에는 아직 남아 있는 애들이 여럿 있었다. 나는 주변의 눈을 피해 한적한 곳을 찾았다. 마침 늘 닫혀 있는 매점 앞 창고 문이 살짝 열린 게 눈에 띄었다. 쓰지 않는 교구나 과학실 물품을 쌓아 둔 곳이라 여기라면 안심이었다. 나는 얼른 창고로 들어가 문을 잠근 뒤, 이어폰을 귀에 꽂고 티저 영상을 클릭했다.

쿵쿵쿵쿵. 빠른 템포의 비트가 흘러나오고 한 멤버의 랩이 속사포처럼 이어졌다. 심장이 금방이라도 터질 것만 같아 나는 애써 숨을 골랐다. 다빈이가 메인 보컬을 맡았는지 곡의 클라이맥스 부분을 불렀다.

'이건 내 거야.'

리듬에 맞춰 조금씩 손보긴 했지만 누가 뭐래도 내가 쓴, 내 글이었다. 물론 예상하지 못한 상황은 아니었다. 그렇지만 막상

신인 그룹의 타이틀곡이 되어 나온 걸 들으니 가슴이 터질 것처럼, 뭐라고 표현해야 할까, 이 감정을. …모르겠다. 온전한 내 것을 빼앗긴 느낌에 나는 익숙하지 않았다.

익숙한 건 오히려 '애초에 내 것이란 없는 상황'이었다. 태어나 보니 이미 그랬다. 내 부모에게는 돈도 없었고, 자기들이 만들어 세상에 내놓은 자식을 키울 능력도 의지도 없었다. 돈 벌어 오겠다며 집을 나간 아빠와 젖먹이를 버리고 떠난 엄마 대신 나를 키워 준 사람은 가난에 찌든 할머니였다. 누가 내게서 부모를 빼앗아 간 것은 아니었으니, 엄밀히 말하면 아무것도 빼앗긴 것은 아니었다. 그래도 자라면서 때때로 억울하다고 생각했다. 하지만 이제야 비로소 알겠다. 정말 억울하다는 게 어떤 건지를.

또 다른 영상이 하나 더 올라와 있었다. 홍보용으로 만든 일종의 메이킹 필름 같은 거였다. 타이틀곡을 배경으로 신인 그룹 블루레몬의 안무 연습 장면이 나오다가 화면은 다빈이 인터뷰 영상으로 바뀌었다.

"제가 가족과 떨어져서 외국 생활을 오래 했거든요. 너무 외롭고 한국이 그립고 막 돌아가고 싶고…. 그때의 마음을 담은 노래예요."

다빈이가 노트에 글을 쓰는 모습이 짧게 지나가고, 멤버들이 화려한 무대에서 칼군무를 추는 장면이 이어졌다. 배 속에서 부글부글 끓어오르던 외침이 마침내 용암처럼 있는 힘껏 솟구쳐

올랐다.

"거짓말! 거짓말! 거짓말이야!"

소리치며 스마트폰을 집어 던진 순간, 뒤쪽에서 와장창 소리
가 들렸다. 그리고 깨진 비커 앞에서, 입을 틀어막은 채 어쩔 줄
모르고 있는 예슬이와 이재욱 그리고 서일교가 보였다.

22
심예슬

그건 정말 우연이었다. 일교, 재욱이랑 조용히 의논할 만한 곳을 찾다가 매점 앞 창고로 들어갔다. 애들이 다 집에 갔을 시간이라 문단속할 생각은 하지 못했다. 의논하겠다고 모이긴 했지만 뾰족한 수가 있을 리 없었다. 어디에서 캡처본을 구할지 두서없이 떠들면서 선반에 놓인 물건들을 이것저것 만져 보고 있던 차였다.

그때 갑자기 문이 열리고 하은이가 들어왔다. 구석진 곳에 있긴 했지만, 하은이가 왜 우리를 발견하지 못했는지 모르겠다. 무슨 영상을 보느라 그런 모양이었다. 하은이가 엄청 집중하고 있어서 우리도 선뜻 아는 척을 하지 못했다. 그런데…!

하은이가 갑자기 소리를 지르며 스마트폰을 집어 던지는 바람에 놀라서 들고 있던 비커를 그만 놓치고 말았다. 나와 눈이 마주친 순간 하은이는 귀신이라도 본 것 같은 표정이었다.

1초, 2초, 3초···. 정적이 흘렀다.

"저, 저기···."

무슨 말이라도 해야 할 것 같아 입을 연 순간, 하은이는 그대로 뛰쳐나가 버렸다.

"하은아!"

달려가 무작정 팔을 붙들었다. 돌아본 하은이의 눈이 빨갰다. 그 속엔 원망 한 줌이 그렁그렁 고여 있었다. 순간 나는 깨달았다. 앞으로 오랫동안 저 눈빛을 내 마음속에서 지울 수 없으리라는 걸. 멀어지는 하은이를 나는 다시 붙잡지 못했다. 일교와 재욱이도 따라 나왔다.

"도대체 무슨 일이야?"

일교의 물음에 나는 고개를 저었다. 그러자 재욱이가 되물었다.

"몰라? 너 염하은이랑 제일 친하잖아."

··· 그런가?

남들이 보기엔 그랬는지 모른다. 나는 하은이랑 밥도 같이 먹고 화장실에도 같이 가고 날마다 붙어 다녔으니까. 틈만 나면 수다를 떨며 깔깔거렸지만 내 진짜 마음을 하은이에게 전해 본 적이 한 번이라도 있었을까? 하은이도 나와 마찬가지였다는 것이

이젠 분명해졌다. 그런데도 우리가 서로 제일 친한 친구라고 할
수 있을까?

언젠가 놀이터에서 호야에게 내 비밀을 털어놓았을 때 느꼈
던 따듯함, 얼마 전 재욱이랑 같이 떡볶이를 먹으면서 느꼈던 편
안함을 하은이랑 있을 때는 한 번도 느끼지 못했다. 나는 늘 하
은이 눈치를 살피며 심기를 거스르지 않으려고 종종거렸다. 그
러면서도 하은이에게 딱 붙어 있으려 했던 건 지극히 현실적인
이유 때문이었다. 반에서 가장 잘나가는 염하은 옆에 있으면 아
무도 나를 무시하지 못할 테니까.

무시당하지 않는 것. 그건 내게 생존과 같은 의미였다. 전에
다니던 학교에서 도둑으로 몰린 까닭은, 무시해도 괜찮을 만큼
내가 만만한 애였기 때문이다.

체육 시간이라 반 애들이 모두 운동장에 나가 있는 동안 빈
교실에서 유찬이의 돈이 없어졌고 내가 도둑으로 지목당했다.
체육 시간 중에 보건실에 갔었다는 게 그 이유였다.

하지만 그 시간에 운동장을 벗어난 사람은 나 말고도 또 있었
다. 보건실로 가는 길에, 교실에서 나오는 채빈이 뒷모습을 우연
히 보았다. 채빈이는 나를 보지 못했지만 나는 똑똑히 목격했다.
채빈이가 체육복 주머니에 뭘 쑤셔 넣고 서둘러 뛰어가는 모
습을.

그렇지만 나는 내가 본 것을 아무에게도 말하지 못했다. 채빈이는 우리 반에서 가장 센 무리의 우두머리 격이었고, 채빈이를 의심하는 말을 했다가는 그 무리에게 찍힐 것이 불을 보듯 뻔했으니까.

어쩔 수 없이 나는 억울하다는 말만 되풀이했다. 믿어 주는 사람은 당연히 아무도 없었다. 나랑 가장 친했던 수진이한테 채빈이 얘기를 꺼낸 이유는 딱 하나였다. 도둑으로 몰리는 게 진짜 너무 억울해서 이 세상에 단 한 명이라도 나를 믿어 주었으면 하는 마음, 단지 그 마음 때문이었다.

내 이야기를 듣고 수진이는 몹시 놀란 듯했다. 두 눈이 왕방울처럼 커져서는 내게 물었다.

"그게 정말이야?"

나는 울상을 하고 고개를 끄덕였다. 수진이가 갑자기 주위를 두리번거렸다. 그러고는 내게 속삭였다.

"근데 예슬아, 그 말 다른 애들한테는 하지 마."

결국 선도 위원회가 열렸다. 학생부 쌤은 내가 반성하는 모습을 보여야 조금이라도 가벼운 징계를 받을 수 있다고 했다. 하지만 나까지 스스로를 도둑으로 몰아갈 수는 없었다. 선도 위원회에서 나는 잘못이 없다고 말했다. 절대 내가 한 짓이 아니라고. 그 말은 불리하게 작용했다. 도둑질을 해 놓고 반성조차 하지 않는 괘씸죄가 추가됐다. 결과는 '출석 정지 5일'이었다.

나는 학생부 쌤에게 가서 따졌다. 증거가 있느냐고. 왜 내 말을 믿지 않느냐고. 쌤은 목격자 진술서가 있다고 했다. 그 목격자가 누구냐고 또 따졌다. 그건 절대 알려 줄 수 없다고 했다.

그 무렵 수진이는 채빈이 무리와 부쩍 가까워지는 것 같았다. 쉬는 시간에 채빈이 무리에 끼어 깔깔대는 모습이 자주 눈에 띄었다.

출석 정지 기간이 끝나고 내가 다시 학교에 간 날, 수진이가 내게 말했다.

"예슬아. 너 없는 동안 나 채빈이네랑 같이 급식 먹었거든. 지금 와서 빠진다고 할 수는 없잖아. 미안."

그 말은 곧 나랑은 이제 급식을 함께 먹지 않겠다는 뜻이었다. 나는 다른 어떤 무리에도 낄 자신이 없었다. 도둑으로 낙인찍힌 내게 먼저 손 내밀어 줄 친구는 없었다. 그렇다고 혼자 식당에 가서 급식을 먹을 배짱 따위는 없었다. 나는 점심시간이 되면 책상에 엎드려 자는 척을 했다. 반 애들은 빈 교실에 내가 혼자 있는 걸 보고는 호들갑을 떨며 서둘러 지갑이나 귀중품을 챙기곤 했다.

학교에 있는 내내 한마디도 하지 않는 날이 이어졌다. 한참 동안 말을 하지 않으면 입술끼리 서로 달라붙어 잘 떨어지지 않는다는 것을 알게 되었다. 그리고 새롭게 알게 된 사실이 하나 더 있었다. 내가 유찬이 돈을 훔치는 걸 봤다고 거짓 진술서를 써서 나를 도둑으로 몰아 버린 사람이 다름 아닌 수진이라는 거였다.

복도에서 애들이 떠드는 말을 우연히 들었을 때 나는 내 귀를 의심했다. 다른 사람도 아닌 수진이가 나를 배신했다는 걸 믿을 수가 없었다. 당장 달려가서 따지고 싶었지만, 수업이 끝날 때까지 참고 또 참았다. 종례를 마치고 교실 문을 나서는 수진이의 가방을 뒤에서 잡아챘다. 잡아먹을 듯 노려보는 내 눈빛에 수진이는 흠칫 놀랐지만, 순순히 화장실로 따라왔다.

"왜 그랬어?"

다짜고짜 물었다. 모르는 척 딱 잡아떼면 한 대 갈겨 줄 생각이었다. 그런데 수진이는 세상 억울한 표정을 지으며 내게 오히려 사정했다.

"예슬아, 네가 나한테 채빈이 얘기했었잖아. 그걸 누가 듣고 채빈이한테 말했나 봐. 없는 얘기 지어서 뒤에서 깐다고 엄청 뭐라고 하는 거야. 가만 안 둔다고 협박해서 나도 정말 어쩔 수 없었어."

나는 말문이 막혔다. 간신히 쥐어짜듯 한마디를 던지고는 나와 버렸다.

"난 널, 진짜 친구라고 생각했는데…."

그 이튿날부터 나는 학교에 가지 않았다. 아침마다 아파서 못 일어나겠다고 침대에서 버티는 나를 보며 엄마는 난감해했다.

"대체 어디가 아픈 거냐고. 정확히 말을 해야 제대로 검진을 해 볼 거 아냐."

"아, 몰라. 그냥 아프다고!"

"다음 주에 학원에서 입시 설명회 있는 거 몰라? 지금 그거 준비하느라 가뜩이나 정신없어 죽겠는데 너까지 왜 이러니, 정말."

대형 영어 학원 원장인 엄마는 내가 아픈 것보다 학원 비울 일이 생길까 봐 그게 더 걱정인 모양이었다. 며칠이 지나도 내가 일어날 생각을 안 하자 엄마는 싱가포르에 출장 가 있는 아빠한테 전화해서 화를 냈다.

"애가 지금 일주일째 학교도 안 가고 아프다고 누워 있는데, 당신은 도대체 언제 돌아오는 거야? 뭐, 일 때문인데 어쩌느냐고? 그럼 난 뭐 놀고 있니? 왜 맨날 애 뒤치다꺼리를 나 혼자 도맡아야 하는데?"

항상 그런 식이었다. 익숙했다. 엄마 아빠한테는 하나밖에 없는 딸보다는 늘 일이 우선이었으니까. 어차피 엄마 아빠가 내 맘을 알아주리라는 기대는 하지도 않았다. 그런데도 자꾸만 눈물이 나왔다. 엄마한테 우는 걸 들키기 싫어 베개에 얼굴을 처박고 혼자 울었다. 엄마가 방에 들어오면 얼른 이불을 뒤집어썼다.

며칠이 더 지나자 엄마는 인내심이 바닥난 것 같았다.

"얼른 일어나, 병원 가게. 소아 청소년과 쪽에서 젤 유명한 교수님 계신 데야."

"됐어, 필요 없다고."

"엄마가 얼마나 힘들게 예약한 줄 알아? 두 시간도 넘게 대기해서 겨우 했어."

나는 벌떡 일어나 앉아 엄마를 노려보았다. 엄마가 학원 일로 바쁜 와중에 나 때문에 시간을 버리면서 얼마나 짜증을 냈을지 눈에 선했다.

"병원 안 가도 돼. 전학만 보내 줘. 그럼 엄마 신경 안 쓰게 학교 잘 다닐 거야."

"정말이야?"

"그렇다니까."

엄마는 못 미더운 얼굴로 나를 바라보더니 곧장 전화를 걸어 전학 절차를 알아보았다. 그러고는 곧 주소지를 옮겨 속전속결로 신기중으로 전학시켜 주었다.

…호야가 말했던 진짜 친구. 수진이한테 뒤통수 맞은 뒤로 그딴 건 믿지 않았다. 하지만 하은이가 나를 바라보던 눈빛은 내 가슴에 아프게 꽂혔다. 그동안 나는 하은이에게 단 한순간도 진짜 친구가 되어 주지 못했구나. 새삼스러운 깨달음이 돌덩이처럼 무겁게 내 마음을 짓눌렀다.

나는 재욱이와 일교에게 말했다.

"우리 하은이한테 가 보자."

23
이재욱

동우에게.

갑자기 너무 많은 것이 변해 버렸어. 고작 며칠 사이에.

오늘 아침에 일어나 손목 안쪽을 들여다보고 문득 깨달았어. 벌써 며칠째 잠들기 전 의식을 거르고 있다는 걸. 피 맺힌 상처가 길게 나 있던 손목에는 어느덧 딱지가 앉아 있었어.

예슬이를 따라 나무놀이터로 갈 때만 해도 솔직히 이게 잘하는 일인가 싶었어. 내가 도와주겠다고 나서는 걸 염하은 같은 애가 반길 리 없을 테니까. 하은이는 역시나 딱풀로 붙이기라도 한 것처럼 완강하게 입을 다물었어.

그러자 예슬이가 자기 이야기를 꺼내 놓았어. 전학 오기 전 학교에서 도둑으로 몰려 억울했던 사정을. 누구 하나 자신을 믿어주지 않아 죽고 싶을 만큼 답답했던 심정을. 나는 그제야 비로소 이해할 수 있었어. 예슬이와 마음이 통한다고 느꼈던 이유를 말이야. 겉으로는 무서울 것 하나 없어 보이는 예슬이에게도 알고 보니 그런 사정이 있었구나.

예슬이 이야기를 듣고 난 하은이도 자기가 당한 일을 털어놓았어.

"네 글을 훔쳐 갔다는 애가 이 중에 누구야?"

예슬이가 뮤비 영상을 가리키며 물었어. 하은이가 그중 한 아이를 손가락으로 콕 집었어. '청순가련' 하면 딱 떠오를 법한 외모를 한 애였지.

예슬이는 마치 자기가 도둑으로 몰린 것처럼 완전히 감정 이입을 해서는 험한 욕설을 방언처럼 쏟아 냈어. 그러고는 가방을 성난 주먹으로 있는 힘껏 내리쳤는데, 지켜보는 내 뱃살이 덜덜 떨릴 지경이었다니까.

"당장 여기다가 댓글부터 달자. 다 거짓말이라고! 전다빈인가 뭔가 메인 보컬은 남의 글을 훔쳐 간 도둑이라고!"

예슬이는 잔뜩 흥분해서 다짜고짜 소리를 질렀어. 내가 조심스럽게 입을 열었어.

"하지만 증거나 증인이 있어야 하지 않을까? 자칫 잘못하면 하은이가 더 큰 거짓말쟁이로 몰릴 수 있어. 이 가사를 하은이가 썼다는 사실을 아는 사람은 실제로 아무도 없는 거잖아?"

하은이는 한숨을 푹 쉬었어.

"응, 연습 팀 애들도 전부 내가 다빈이 글을 베낀 줄 알고 있으니까."

"혹시 연습실에 CCTV 같은 건 없어? 처음에 네가 쓴 글을 다빈이한테 보여 주는 장면이 찍혔을 수도 있잖아."

애들은 눈을 동그랗게 뜨고 하은이를 주시했어. 하은이는 인상을 잔뜩 찌푸렸어.

"연습실에는 있는데, 내가 다빈이한테 과제를 보여 준 데는 옷 갈아입는 로커룸이라 CCTV가 없을 거야."

"그렇겠네."

모두 실망한 얼굴로 풀이 죽었어. 그때 번개처럼 그 애 얼굴이 떠올랐어.

"호야!"

다들 의아한 얼굴로 나를 바라보았어.

"네가 호야한테만 비밀을 털어놓았다며. 혹시 호야랑 통화하면서 이 얘기를 한 적 없어?"

내 말에 예슬이와 하은이, 일교는 엄청난 발견을 한 것처럼 눈이 휘둥그레졌어. 예슬이가 먼저 무릎을 쳤어.

"아, 맞다! 김강민이 그랬지! 호야가 우리랑 통화한 내용을 다 녹음해 놨다고."

하은이 얼굴이 환해졌어.

"있어. 얘기한 적 있어."

"호야가 그 녹음 파일도 갖고 있을까?"

"그것만 있으면 완벽한 증거가 될 텐데!"

애들이 저마다 신나서 말했어. 그러더니 셋은 약속이나 한 듯 나를 쳐다봤어.

"오오, 이재욱!"

"대박 천재잖아!"

예슬이와 하은이는 입이 귀에 걸려서 번갈아 나를 추켜세웠어. 일교까지 이전과는 다른 눈으로 나를 보는 게 느껴졌지. 나는 당황스러우면서도 기분이 좋은 건 어쩔 수 없었어.

갑자기 하은이가 걱정스러운 얼굴로 말했어.

"근데 지금 호야는 연락이 안 되잖아. 어떻게 호야를 찾지?"

"호야 소식을 아는 사람은 조민정 쌤뿐이잖아. 쌤이 억울한 누명을 벗을 수 있게 우리가 어서 방법을 찾아야 해."

예슬이가 반색하며 말했어.

"우리 억울함 해결사가 되자는 거야?"

그 말에 하은이 얼굴이 갑자기 굳었어.

"호야도 많이 억울했을 거야. 내가 호야를 엄청나게 오해했거든."

예슬이와 일교도 숙연해졌어.

"우리도 마찬가지야. 얼른 호야를 찾아서 사과부터 하자."

예슬이가 주먹을 불끈 쥐며 말했어.

"그리고 진실을 꼭 밝혀서 우리를 억울하게 만든 나쁜 사람들은 벌 받게 하자고."

"그럼, 당연하지! 잘못했으면 벌을 받아야지!"

일교도 맞장구쳤어.

앞으로 바빠지게 생겼다는 생각이 들자, 누가 양쪽에서 뺨을 위로 잡아당기는 것도 아닌데 자꾸만 입꼬리가 치켜 올라가지 뭐야.

"너희 먼저 갈래? 나 잠깐 하은이랑 할 말이 있어서."

예슬이 말에 일교와 나는 먼저 일어났어. 일교랑 둘이 있으니 단박에 몸이 뻣뻣해지는 게 느껴졌어. 일교는 무슨 생각에 빠져 있는지 심각한 표정으로 말이 없었고, 나는 멀뚱멀뚱 땅만 내려다보며 걷고 있었어.

그때 갑자기 일교가 분노에 찬 목소리로 발을 구르며 소리를 질렀어.

"그래! 잘못한 놈은 벌을 받아야지!"

잠시 후 정신을 차렸을 때, 나는 두 팔로 머리를 감싸 쥔 채 몸을 잔뜩 웅크리고 있었어. 아프게 날아와 꽂혔던 일교의 주먹을 내 몸이 기억하고 있다가 자동으로 반응한 거였지. 그렇지만 예상과 달리 아무 일도 일어나지 않았어.

나는 고개를 살며시 들고 일교 눈치를 살폈어. 그런데 일교가 좀 이상해 보였어. 급속 냉동이라도 된 듯이 손가락 하나 까딱하지 않고 굳어 있는 거야.

"서일교, 너 왜 그래?"

조심스럽게 물었어. 때리려고 한 것도 아닌데 내가 맞는 시늉을 해서 또 화가 난 건가 조마조마한 심정으로.

일교는 일그러진 얼굴로 아무 대답도 하지 않았어. 당황하는 것 같기도 하고 슬퍼하는 것 같기도 했어. 아무튼 몹시 낯설고 알 수 없는 표정으로 나를 한참 바라보기만 했지. 그러고는 몸을 휙 돌려 먼저 뛰어가 버렸어.

…이제 마음을 놓아도 되는 걸까? 내게도 드디어 친구가 생겼다고 마음껏 기뻐해도 되는 걸까?

아니, 아직은 아니야. 자꾸만 틈이 벌어지는 마음의 문을 애써 다잡아야만 해. 그 애들은 단지 내가 필요해서 잘해 줄 뿐이야. 언제든 쓸모없다고 여겨지면 언제 그랬느냐는 듯 다시 예전처럼 돌아갈 게 뻔하다고. 너도 그렇게 생각하지, 동우야?

24
서일교

　잘못한 놈은 벌을 받아야 한다. 비로소 모든 것이 명확해졌다. 그 단순하고도 명쾌한 사실을 여태 생각하지 못했다는 게 놀라울 뿐이었다. 하지만 내가 내지른 소리에 놀라 재욱이가 움찔하며 몸을 웅크렸을 때, 나는 또 하나의 사실을 깨달았다.

　버럭 소리만 질러도 깜짝 놀라 자기도 모르게 본능적으로 방어 자세를 취하게 되는 것. 그것은 세상이 캄캄해지는 순간의 공포다. 펄떡이는 심장밖엔 가진 것 없는 새끼 짐승처럼 스스로가 누추하고 안쓰러워지는 기분. 그걸 내가 모르면 누가 알까.

　중1 겨울 방학을 지나면서 키가 갑자기 쑥 자라고 근육이 제법 단단해졌다. 그전까지는 아버지의 주먹을 막아 낼 힘도, 용기도 없었다. 날아오는 주먹에 속수무책으로 당하지 않으려면 재빨리 머리부터 감싸야 했다. 재욱이는 다름 아닌 나였다. 그리고 재욱이를 그렇게 만든 사람 역시 나다. 그걸 깨달은 순간, 나는 또다시 길을 잃은 기분이었다.

현관문을 열자 술에 찌든 냄새가 훅 끼쳐 왔다. 욕지기가 치밀었다. 집 안은 이미 전쟁의 폐허처럼 난장판이 되어 있었다. 불도 켜지 않은 채 어두컴컴한 속에서 엄마가 무릎을 꿇고 깨진 유리 조각을 치우고 있었다. 아버지라는 인간은 실컷 난동을 부리고는 소파에 드러누워 천둥처럼 코를 골고 있었다.

나는 신발도 벗지 않고 성큼성큼 소파 쪽으로 걸어갔다. 저 끔찍한 인간의 얼굴을 있는 힘껏 갈겨 버릴 생각이었다. 엄마가 얼른 다가와 내 다리를 잡았다.

"일교야, 참아. 너 지난번에도 사고 칠 뻔했잖아!"

엄마의 눈물 바람에 주먹을 거둘 수밖에 없었다.

"엄마, 우리 경찰에 신고하자."

"뭐? 그랬다가 네 아버지 감옥 가면 어쩌려고?"

"잘못했으면 벌을 받아야지."

엄마는 쓸데없는 소리 말라며 다시 유리 조각을 치우기 시작했다.

"왜? 아버지 없으면 굶어 죽을까 봐 그래? 내가 돈 벌어 올게. 학교 그만두고 알바하면 되잖아."

"중학생이 무슨 알바를 해서 돈을 벌어? 그리고 네 아버지도 원래 이러지 않았어. 그놈의 술 때문이지."

"술 마시면 이 모양인 거 뻔히 알면서 왜 계속 술을 마시는데? 그게 잘못이잖아!"

"그렇다고 어떻게 아버지를 경찰에 신고해?"

돌림 노래처럼 계속 돌고 돌았다.

"에이, 씨!"

나는 주먹으로 바닥을 내리쳤다. 유리 파편이 박혔는지 피가 주르륵 흘렀다.

"너까지 정말 왜 이래! 엄마 속상해서 죽는 꼴 보고 싶니?"

나는 벌떡 일어나 집을 나와 버렸다. 등 뒤에 대고 엄마가 소리를 질렀다.

"어딜 가려고?"

쾅!

닫힌 현관문 뒤에서 엄마가 악을 썼다.

"서일교! 나가려면 약이라도 바르고 나가!"

가슴이 답답해서 죽을 것 같았다.

"으아아아아!"

미친놈처럼 소리를 질러 대도 답답함이 가시질 않았다. 나는 주머니에 손을 찔러 넣고 땅을 걸어차며 무작정 걸었다. 집에 다시 들어가기는 죽어도 싫었다. 어디서 생선 굽는 냄새가 날아와 코를 찔렀다. 거리의 사람들은 하나같이 바삐 걸음을 옮기고 있었다. 다들 가족과 함께 따듯한 저녁밥을 먹으려고 저렇게 바삐 걸어가는 거겠지? 이 넓은 세상에 나 혼자만 덜렁 버려진 것 같았다. 배 속에서 꼬르륵 소리가 났다.

갈 곳이 없었다. 애들이 이럴 때 담배를 피우나 보다. 나도 형들이 담배를 줄 때 못 이기는 척 해 볼걸 그랬나 싶었다. 학기 초에 복학생 누나 때문에 알게 된 형들이었다. 깡이 센 게 마음에 든다며 나를 무리에 끼워 준다고 했다. 하지만 그 형들은 담배만 피우는 게 아니라 술도 많이 마셨다. 나는 다른 건 몰라도 평생 술은 입에도 대지 않기로 결심했다. 아버지처럼 될까 봐 무서워서다. 그래서 그 형들이랑도 일부러 거리를 두었다.

쭈그려 앉아 하릴없이 나뭇가지로 땅바닥에 의미 없는 낙서나 하고 있을 때였다. 귀에 익은 목소리가 나를 불렀다.

"어? 서일교."

고개를 들어 보니 재욱이가 양손에 장바구니를 들고 서 있었다. 뭐라고 대답할 틈도 없이, 뒤에서 한 아주머니가 불쑥 끼어들었다.

"어머, 우리 재욱이 친구니?"

"혹시 전에 생일 파티 간다던 그 친구야?"

눈치를 보아하니 재욱이 엄마와 누나 같았다. 나는 엉겁결에 꾸벅 인사를 했다.

"저녁 먹었니? 아직 안 먹었으면 우리 집에 가서 같이 먹자."

재욱이 엄마가 내 팔을 덥석 잡아끌었다.

"네? 아니, 저…."

당황한 내가 팔을 슬쩍 빼려고 하자, 이번엔 재욱이 누나가 내 등을 떠밀었다.

"오늘 메뉴 삼겹살이야. 이거 봐. 내가 많이 사자고 하길 잘했지."

나는 난처해서 재욱이를 쳐다봤다. 이재욱도 난처한 표정이긴 마찬가지였다.

"엄마, 누나. 그게 아니라…."

"아유, 삼겹살 모자랄까 봐 그래? 엄마가 더 사 올게. 그럼 됐지?"

그렇게 떠밀려 나는 난데없이 재욱이네 집 식탁에 앉게 되었다. 재욱이네 집은 작고 아담하지만 깔끔했다.

"도대체 몇 년 만이니, 이게. 어릴 때는 동우 얘가 학교 끝나면 항상 친구들을 몰고 와서 저녁 차려 주는 게 아주 일이었는데. 내가 먹고사느라 바빠서 챙겨 주질 못하다 보니 애가 점점…."

재욱이 엄마가 눈물을 글썽거리자, 누나가 재욱이 엄마 옆구리를 슬쩍 찔렀다.

"엄마는 주책이야! 친구 불편하게 왜 그래?"

누나는 삼겹살이 가득 담긴 접시를 내 앞으로 밀어 주며 다정하게 말했다.

"많이 먹어, 응? 그리고 우리 재욱이 좀 잘 챙겨 주…."

엄마를 주책이라고 타박하던 누나가 울컥하더니 말을 채 끝맺지도 못했다.

"누나까지 왜 그래 정말!"

재욱이가 버럭 소리를 지르자 누나가 눈물을 매달고 배시시 웃었다.

"아유, 알았어. 얼른들 먹어. 고기 팍팍 구워 줄 테니까."

고소한 삼겹살 냄새에 배 속에서는 이미 난리가 났다. 나는 염치 불고하고 삼겹살을 세 점씩 집어 입에 욱여넣기 시작했다. 재욱이도 질세라 부지런히 젓가락질을 했다. 재욱이 엄마는 우리 둘을 번갈아 보며 흐뭇한 미소를 지었다.

밥을 다 먹고 나자 재욱이 엄마가 과일 접시를 들려 주며 말했다.

"방에 가서 동우, 아유, 친구가 오니까 옛날 생각이 나서 그런가 자꾸 옛날 이름이 튀어나오네, 호호. 재욱이랑 좀 더 놀다 가."

어쩔 수 없이 떠밀리다시피 방으로 들어갔지만, 솔직히 어색하기 짝이 없었다. 나는 과일 접시를 책상 위에 올려놓으며 무심코 물었다.

"근데 너희 엄마가 너를 동우라고 하시던데. 뭐, 집에서 부르는 이름이 따로 있는 거냐?"

"어? 그거 어릴 때 내 이름이야."

재욱이는 씁쓸하게 웃으며 덧붙였다.

"지금은 믿기지 않겠지만 예전엔 친구가 많았거든."

"그럼 이름을 바꾼 거야?"

"응. 우리 아빠가 많이 편찮으실 때 어떤 점쟁이가 아들 이름을 잘못 지어서 그렇다면서 내 이름을 바꾸면 병이 나을 거라고 했대."

나는 재욱이 방을 둘러보았다. 책상 위에 가족사진이 놓여 있었다. 비슷하게 동글동글한 인상의 네 가족이 참 사이좋아 보였다. 부러움이라고 해야 하나. 문득 가슴 한구석이 시려 왔다.

"아버지는 늦게 퇴근하시나 봐?"

"돌아가셨어, 삼 년 전에. 병원에서도 방법이 없다고 했는데 아들 이름을 바꾼다고 별수 있었겠어? 하도 절박하니까 뭐라도 해 보려고 하신 거였지."

"쿠, 쿨럭."

뜻밖의 대답에 놀라 그만 사레가 들리고 말았다. 재욱이가 나를 힐끔 보더니 말했다.

"괜찮아. 이제 익숙해져서."

나는 천천히 고개를 끄덕이며 혼잣말을 했다.

"하긴. 어쩜 네가 나보다 나은지도 모르겠다."

"뭐?"

"세상엔 없느니만도 못한 아버지도 있으니까."

재욱이는 나를 빤히 쳐다보기만 했다. 나는 재욱이네 가족사진을 가만히 바라보다 말했다.

"너희 아버지, 좋은 분이셨을 것 같다. 사진 보니까."

"…응."

우리 아버지도 실은 내가 어릴 때 돌아가신 게 아닐까? 지금 아버지는 겉모습만 비슷한 다른 사람이 아닐까? 차라리 그런 거라면 좋겠다. 그럼 적어도 아버지를 미워하지는 않을 테니까.

"부럽다."

나도 모르게 진심이 새어 나왔다.

"넌 아버지에 대해 좋은 기억만 있잖아."

재욱이는 뭔가 곰곰 생각하는 눈치였다. 그러더니 바닥을 내려다보며 작은 목소리로 말했다.

"꼭 그렇지만은 않아. 한번은 누나랑 싸웠는데 아빠가 나만 엄청 크게 혼냈단 말이야. 나는 억울해서 펑펑 울었지만, 아빠는 끝끝내 내 얘기를 안 들어 줬어. 어린 마음에 하도 화가 나서 아빠가 아끼는 도자기 화병을 몰래 깨 버렸어. 그땐 몰랐는데, 아빠한테 아주 소중한 추억이 담긴 물건이었대. 깨진 조각을 하나씩 이어 붙이면서 아빠가 울더라고. 혼날까 봐 너무 무서워서 내가 그랬다는 말을 못 했어. 언젠가는 꼭 말해야지 했는데, 결국…."

재욱이는 손등으로 눈물을 훔쳐 냈다.

"아빠가 옆에 있다면 내가 잘못했다고, 정말 죄송하다고 말하고 싶어. 그리고 그때는 아빠가 누나 편만 들어서 저도 속상했어요, 이 말도 하고 싶고. 그런데 그럴 수가 없잖아."

재욱이는 한참 만에 말을 이었다.

"누가 죽는다는 건 이제 더는 기회가 없다는 뜻이야. 잘못된 것을 바로잡을 수 있는 기회 말이야."

나는 멈칫했다. 바로잡을 수 있는 기회. 그런 게 있을까? 나와 아버지에게.

늘 술에 취해 있는 아버지에게 엄마와 나는 제발 그만 좀 하자고 그동안 수없이 말해 보았다. 그러나 아버지는 전혀 달라지는 게 없었다.

나는 고개를 가로저었다. 그런 게 있을 리 없다.

"그나저나 너희 엄마는 우리가 친구인 줄 아시던데, 왜 말 안 했냐? 내가 사실은 너 괴롭히고 때리는 나쁜 놈이라고."

재욱이가 고개를 숙였다.

"왜? 내가 해코지라도 할까 봐?"

"말하면 뭐 해. 괜히 울 엄마 걱정하게. 그러잖아도 나 때문에 고생만 하는데."

말문이 막혔다. 그동안 내가 재욱이뿐만 아니라 재욱이 엄마한테까지 큰 잘못을 저질러 왔다는 생각이 들었다.

재욱이한테 꼭 해야 할 말이 있었다. 사실 아까 나무놀이터를 나올 때부터 알고 있었다. 하지만 차마 입이 떨어지지 않았다.

"음, 미, 미⋯."

"응?"

"에잇, 아니야."

어안이 벙벙한 재욱이를 뒤로하고 도망치듯 재욱이네 집을 나오고 말았다.

25
염하은

성교육 시간에 '임신부 체험'을 한 적이 있다. 8킬로그램이 넘는 체험복을 입고 계단 오르내리기, 앉았다 일어서기 등을 했는데 생각보다 훨씬 더 무거웠다. 쌤들은 우리가 앞으로는 버스나 지하철에서 임신부를 보면 자리를 꼭 양보하길 바란 모양이었지만, 교육 의도와 달리 여자애들은 절대 아기를 낳지 않겠다고 앞다투어 다짐했다. 체험복을 벗어 던진 순간, 몸이 하도 가뿐해서 하늘로 날아오를 것 같았으니까.

비밀의 무게는 몇 킬로그램이나 될까?

애들 앞에서 비밀이 밝혀졌을 때 깨달았다. 내가 그동안 몸에 지니고 다니던 비밀의 무게 또한 만만치 않았다는 걸. 물론 죽고 싶을 만큼 창피했다. 그렇지만 한편으로는 어쩐지 마음이 홀가분해진 것도 사실이었다.

애들이 막무가내로 따라왔을 때, 솔직히 나를 비웃으러 온 거라고 생각했다. 하지만 예슬이와 애들은 꼭 자기가 당한 것처럼 다빈이와 머야 실장님을 같이 욕해 주고 앞으로 어떻게 할지까지 같이 고민해 주었다. 아직 아무것도 해결된 것은 없지만 그래도 마음만은 한결 가벼워졌다. 무거운 짐을 나누어 든 느낌이랄까.

일교와 재욱이가 먼저 간 뒤에 예슬이가 말했다.

"하은아, 연습생 그만둔 게, 그럼 너희 엄마가 공부하라고 반대해서가 아니라…."

나는 순순히 고개를 끄덕였다.

"그래, 맞아. 사실은 나 기획사에서 쫓겨난 거야."

내친김에 더 솔직해지기로 했다.

"그리고 나, 실은 공부하라고 잔소리할 엄마도 없어. 내가 아기 때 울 엄마가 도망가 버렸대. 아빠는 돈 벌어 온다고 집 나가고. 보육원에 갈 뻔했는데 불쌍해서 할머니가 데려다 키워 주신 거래. 크면서 제일 많이 들은 말이 네 어미는 사람도 아니다, 그 말이야. 아빠랑은 아주 가끔 한 번씩 통화하는 정도고, 엄만 얼굴도 몰라."

왜 그렇게까지 다 털어놓았는지 나도 모르겠다. 여태껏 아무한테도 한 적 없는 얘기였는데. 비밀을 털어놓고 났더니 한결 가뿐해진 느낌이 너무 좋아서였을까.

예상치 못한 내 고백에 예슬이는 당황한 모양이었다. 잠시 망설이더니 천천히 입을 열었다.

"난 엄마 아빠랑 같이 살긴 하지만, 나도 너랑 비슷한 기분을 자주 느꼈어."

예슬이가 내 눈을 조심스럽게 맞추었다.

"…버림받은 기분 말이야. 전학 온 뒤로 우리 엄마는 한 번도 나한테 괜찮냐고 묻지 않았어. 혹시라도 내가 괜찮지 않다고 할까 봐, 그래서 엄마를 또 귀찮게 할까 봐 그런 거 같아. 아빤 뭐, 하도 바빠서 원래 얼굴 보기도 힘든 사람이고."

우리 둘은 가만히 마주 보았다. 한참 만에 예슬이가 다시 입을 열었다.

"…미안해."

"뭐가?"

"아까 너한테 진정한 친구가 아니라고 쏘아붙여서. 사실 나도 마찬가지였으면서."

나는 예슬이에게 손을 내밀었다.

"심예슬, 나랑 친구 할래?"

"뭐?"

"지금부터 시작하면 되잖아. 진정한 친구."

"어우, 오글거려."

"야, 나도 죽을 거 같거든."

예슬이는 웃으며 내 손을 잡아 장난스럽게 흔들었다. 그러더니 갑자기 생각난 듯 정색을 하고 물었다.

"그럼 일교는?"

"음. 일교 선택에 맡기지, 뭐. 그때까진 선의의 경쟁! 어때?"

"좋아! 신기중 여신이랑 붙다니 자신은 없지만. 뭐, 어쩔 수 없지."

"반칙하기 없기다? 바나나우유 같은 걸로, 알았냐?"

"염하은, 너는 얼굴이 반칙이거든!"

"뭐래!"

우리 둘은 진짜 크게 웃었다. 이렇게 속 시원히 웃어 본 게 얼마 만인지 몰랐다.

이튿날, 수업이 끝나고 우리는 다시 모였다. 재욱이가 쑥스러운 표정으로 말했다.

"저기… 우리 집으로 갈래? 엄마가 친구 놀러 오면 같이 먹으라고 사다 놓은 과자가 너무 많아서."

재욱이네 집으로 가는데 일교가 아주 자연스럽게 앞장서는 모습이 좀 의외였다. 하은이와 나는 의아하다는 눈빛을 주고받으며 고개를 갸웃거렸다.

"호야를 지금 당장 찾을 수 없다면…."

재욱이가 조심스럽게 말을 꺼내자, 애들의 눈길이 전부 재욱이의 입으로 쏠렸다. '브레인 이재욱'이 무슨 의견을 내놓을지 모두 기대에 찬 눈빛이었다. 재욱이는 그런 시선이 부담스러운지 헛기침을 했다.

"큼큼, 만약 호야가 있었다면 어떻게 했을지 상상해 보면 어때?"

예슬이가 아리송한 표정으로 되물었다.

"우리가 호야가 되어 보자는 말이야?"

재욱이가 고개를 끄덕였다. 우리는 저마다 곰곰 생각에 잠겼다.

'내가 호야라면….'

한참 만에 예슬이가 먼저 입을 열었다.

"호야는 내 이야기를 진짜 잘 들어 줬어. 그래서 호야한테는 내 마음을 솔직하게 털어놓을 수 있었어."

일교가 나지막한 목소리로 말을 이었다.

"호야는 어려움에 빠진 나를 도와줬어. 내 비밀을 끝까지 지켜 주려고 애썼고."

나는 깊이 고개를 끄덕였다. 갑작스러운 내 부탁에 숨을 헐떡이며 한달음에 달려와 준 호야, 도둑 누명을 쓴 나를 믿어 주고 매운 떡볶이를 사 주며 위로해 주던 호야. 그리고 나를 응원해 준 호야.

"맞아. 지금까지 나를 그렇게 대해 준 사람은 호야뿐이야."

재욱이가 우릴 보며 씨익 웃었다.

"그렇다면 이제 무얼 해야 할지 답이 나왔네."

우린 어안이 벙벙해서 재욱이를 바라보고만 있었다. 재욱이가 답답하다는 듯 말했다.

"지금 호야가 있었다면 어떻게 했겠어? 조민정 쌤을 믿어 주고 응원해 줬겠지. 어떻게든 쌤을 도와주려고 노력했을 거야."

다들 고개를 끄덕였지만, 얼굴에는 커다란 물음표가 떠올라 있었다. 그래서 뭘 어떻게 하지? 그때 문득 호야의 쪽지가 떠올랐다.

"우리 편지를 써 보면 어때?"

"편지? 누구한테?"

"음, 조민정 쌤을 오해하는 사람들한테? 우리가 호야의 마음으로 편지를 써서 학교 게시판에 올리는 거야."

우리는 한참을 옥신각신하며 간신히 편지를 완성했다.

호야라면 그렇게 썼겠냐? 호야라면 이랬을 거야. 호야라면, 호야라면…. 백 번도 넘게 '호야라면'을 외치며 고치고 또 고치고 나니, 마침내 완성된 글은 제법 '호야'스러웠다.

나에겐 한 친구가 있습니다.

그 친구는 온 마음을 다해 내 이야기에 귀를 기울입니다. 세상에 꼭 우리 둘만 있는 것처럼. 마치 내 이야기를 듣기 위해 세상에 태어난 것처럼. 그리고 묻지도 따지지도 않고 내 진심을 믿어 줍니다. 기꺼이 내 편에 서 줍니다. 흔들리지 않는 나의 기둥이 되어 줍니다.

여러분의 곁에 그런 친구가 있다면 어떨 것 같은가요? 상상만 해도 든든할 것 같지 않은가요?

조민정 선생님은 우리의 잘못으로 잃어버린, 바로 그 친구를 찾아다니셨습니다. 우리에게 그 친구를 돌려주려고 애쓰다가 이런 일에 휘말리게 되셨습니다.

우리는 조민정 선생님에게 그 친구 같은 존재가 되어 주고 싶습니다. 선생님의 이야기를 편견 없이 들어 드리고 싶습니다. 그리고 선생님의 진심을 믿어 주고 싶습니다. 그 친구가 우리에게 그랬듯이 말이지요. 그렇게 하면 우리의 친구도 다시 돌아와 줄 것 같습니다.

조민정 선생님과 우리의 친구를 하루빨리 만나고 싶습니다.

26
심예슬

학교 홈페이지에 글을 올리고 나서도 내내 그 질문이 머릿속을 맴돌았다.

…호야라면 어떻게 했을까.

그때 갑자기 호야가 내게 한 말이 또렷이 떠올랐다.

'진정한 친구라면 네 처지에서 생각해 주지 않겠어?'

그래, 답은 바로 그거다. 호야라면 하은이의 마음이 어떨지 더 깊이, 더 오래 생각해 볼 것이다.

내가 하은이라면, 두말할 필요 없이 억울하고 미칠 듯이 열받을 것 같다. 내 글을 도둑맞은 것도 모자라서 거꾸로 내가 도둑으로 몰리기까지 한다면, 당장 달려가 전다빈인가 뭔가의 멱살을 잡거나 기획사에 불이라도 확 지르고 싶을 거다. 내가 하지도 않았는데 도둑으로 몰리는 억울함을 내가 모르면 누가 알까?

그래, 물불 안 가리고 돌진하는 거다! 할 수 있는 일은 뭐든 다 해 보는 거다!

나는 주먹을 불끈 쥐었다. 그리고 우선 인스타그램에서 P엔터테인먼트를 검색해 봤다. 마침 새로 올라와 있는 공지가 눈에 띄었다.

BLUE LEMON의 첫 무대를 기다려 주신 여러분!
화제의 싱글 앨범 최초 공개 무대,
그 쇼케이스 현장에 참석하여 큰 응원의 목소리를 전해 주세요!

0월 0일 00시 ○○아트홀
쇼케이스 응모 기간 0월 0일~0월 0일
당첨자 공지 0월 0일 오후 0시

바로 이거다!

쇼케이스라면 연예부 기자들이 많이 올 테니 진실을 밝히기에 이보다 더 좋은 기회는 없을 듯했다. 친구들에게 공지를 보여 주자 일교가 고개를 끄덕였다.

"드디어 내가 나설 차례가 됐군."

하은이가 반색하며 물었다.

"무슨 좋은 생각이라도 있어?"

"너희는 뉴스도 안 보냐? 회사에서 억울하게 잘리면, 회사 앞에 천막 딱 치고, 머리에 빨간 띠 딱 두르고, 으쌰으쌰 하잖아."

"여기다가 천막을 치자고?"

"아니, 그게 아니라."

일교가 답답한지 가슴을 탕탕 두드렸다. 그러자 재욱이가 알겠다는 듯 말했다.

"일교 말은 시위를 하자는 거야. 하은이가 억울하게 당한 일을 피켓에 써서 들고 서 있는 거야. 인터넷에서 봤어. 막 국회 앞에서도 하고 그래."

"그렇지! 내 말이 바로 그거야."

일교가 재욱이 어깨를 툭 치며 말했다. 재욱이는 입을 비죽거렸지만 싫지 않은 표정이었다.

"좋아! 당장 피켓부터 만들자."

"하지만 증거가…."

하은이가 걱정스러운 얼굴로 말끝을 흐렸다. 내가 말했다.

"너무 걱정 마. 호야를 찾으면 증거도 곧 찾을 수 있을 거야. 그리고 너는 일단 나서지 않는 게 좋겠어."

"맞아. 우리만 믿으라고. 전다빈이 네 앞에서 무릎 꿇고 싹싹 빌게 해 줄 테니까!"

일교가 가슴을 또 탕탕 두드리며 자신 있게 말하자 하은이는 풋, 웃음을 터뜨렸다. 문득 나를 보는 눈길이 느껴져 고개를 돌리니, 하은이가 전보다 한결 편안해 보이는 얼굴로 내게 미소를 보내고 있었다. 하은이에게 아주 조금은 빚을 갚은 기분이었다.

피켓 만드는 데는 시간이 오래 걸리지 않았다. 일교가 "인정하고 사과하라!" "규탄한다!" 따위의 문구를 척척 내놓았다.

"너 전에 이런 거 해 본 적 있어?"

재욱이가 묻자 일교는 알 듯 모를 듯한 표정으로 얼버무렸다.

"뭐, 살다 보니 그 인간이 도움이 될 때도 있네."

며칠 뒤, 우리는 피켓을 들고 전장에 나가는 전사들처럼 비장한 마음으로 쇼케이스 장소로 몰려갔다. ○○아트홀 입구에는 검은 양복을 입은 남자들이 일렬로 늘어서 있었다. 당첨자만 철저히 확인하고 들여보내는 모양이었다. 카메라를 든 기자들도 눈에 띄었다.

우리는 엄청 주눅이 들었지만, 하은이를 생각하며 용기를 냈다. 들고 간 피켓을 눈에 잘 띄게 들고 입구 쪽에 엉거주춤 서 있었다. 하지만 지나가는 사람들 몇이 힐끔거릴 뿐 대부분은 공연 볼 생각에 들떠서 우리에게는 관심조차 없는 것 같았다.

나는 일교의 옆구리를 팔꿈치로 꾹 찔렀다.

"TV에서 보면 막 구호도 외치고 그러던데, 우리도 그래야 하는 거 아냐?"

일교는 떨떠름한 얼굴로 주위를 둘러보더니 작은 소리로 외쳤다.

"블루레몬 신곡 〈외로운 하루의 끝〉은 전다빈이 쓴 게 아닙…"

"목소리가 그렇게 작아서 누가 듣기나 하겠냐?"

내가 답답해서 핀잔을 주자 일교가 발끈했다.

"아, 그럼 네가 해 보든가."

막상 많은 사람들 앞에서 외치려니 나 역시 입이 떨어지지 않았다. 하지만 환하게 웃고 있는 블루레몬 멤버들의 화보를 보자 배 속에서 부글부글 화가 끓어올랐다. 하은이는 오죽 열받을까 생각하니 힘이 절로 충전되는 느낌이었다. 나는 큼큼, 목소리를 가다듬고 외쳤다.

"블루레몬 전다빈은 도둑질을 했습니다! 〈외로운 하루의 끝〉 가사는 전다빈이 쓴 게 아닙니다!"

그러자 우리 쪽으로 눈길을 보내는 사람들이 하나둘 생겼다. 나는 더 큰 소리로 외쳤다.

"그 가사는 다른 연습생이 쓴 거예요. 제가 아는 사람입니다!"

그러자 일교도 따라서 목소리를 높였다.

"블루레몬 전다빈의 도둑질을 규탄한다! 기획사는 거짓말을 인정하고 사과하라!"

슬슬 흥이 올랐다. 우리는 신나게 한목소리로 외쳤다.

"사과하라! 사과하라! 사과하라!"

이제 제법 많은 사람이 걸음을 멈추고 우리를 바라보았다. 피켓을 가리키며 웅성거리기도 하고 스마트폰을 꺼내 사진을 찍는 사람들도 눈에 띄었다. 우리는 더욱 신이 나서 피켓을 치켜들고 저마다 소리를 질렀다.

검은 양복 아저씨가 우리 쪽을 보면서 무전기를 들고 뭐라고 하는 것 같았다. 그리고 얼마 안 되어 경찰 두 명이 나타났다.

더 젊어 보이는 경찰이 우리에게 소리쳤다.

"학생들! 여기서 이러면 안 돼. 당장 그만둬!"

나이 많은 경찰이 호통을 쳤다.

"어린것들이 말이야, 어디서 이딴 건 배워 가지고. 누가 시켰어? 이런 피켓 들고 유언비어 퍼뜨리면서 남의 행사 방해하라고, 엉?"

일교가 받아쳤다.

"누가 시켜서 하는 거 아니에요. 그리고 유언비어도 아니고요. 여기 쓰여 있는 말, 다 진짜예요."

"뭐야? 이것들이 불법 행위를 해 놓고 뭘 잘했다고 큰소리야?"

"정말이에요. 아저씨들이 조사해 보면 다 나올 거 아니에요?"

나도 나섰다. 그러자 나이 많은 경찰이 눈을 부라리며 윽박질렀다.

"어허, 미성년자라고 무조건 다 용서되는 거 아니야. 알아?"

젊은 경찰은 타이르듯 말했다.

"이런 걸 하려면 관할 경찰서에 미리 신고해야 돼. 신고도 안 하고 마음대로 시위를 하면 불법이야. 그것도 모르고 이런 짓을 벌여?"

그러고는 나이 많은 경찰에게 말했다.

"학생들이 멋모르고 이러는 모양인데, 알아듣게 훈계했으니 이제 해산하라고 하죠. 아까부터 무전 들어옵니다. 빨리 복귀하라고."

그 말에 나이 많은 경찰이 혼잣말을 하며 돌아섰다.

"머리에 피도 안 마른 것들이 뭘 안다고, 참 나."

젊은 경찰이 우리에게 말했다.

"원래는 경찰서로 연행하고 보호자 불러서 처리해야 하지만, 어린 학생들이니 한 번만 봐주는 거야. 대신 지금 당장 집에 가도록 해. 알겠어?"

우리는 경찰들에게 등을 떠밀려 ○○아트홀에서 한참 떨어진 골목까지 쫓겨났다. 경찰차가 떠난 뒤, 우리는 영혼이 털린 얼굴로 길바닥에 털썩 주저앉았다.

내가 볼멘소리로 말했다.

"시위하기 전에 경찰서에 신고해야 한다고? 그걸 우리가 어떻게 알아. 학교에서 가르쳐 주지도 않는데."

일교도 맞장구를 쳤다.

"맨날 쓸데없는 것만 가르치고. 쳇, 염화 마그네슘 화학식은

외워서 뭐 하냐고. 평생 써먹을 일 없을 텐데. 이런 거나 좀 알려 주지."

"게다가 경찰이면 적어도 우리가 하는 말이 진짜인지 조사해 보겠다고 해야지, 덮어놓고 유언비어래. 알지도 못하면서."

그때까지 아무 말 없이 스마트폰으로 뭐를 검색하던 재욱이가 조용히 말했다.

"일인 시위는 신고 안 해도 불법이 아니래. 한 명씩 번갈아 피켓 들고 서 있으면 되겠다."

나는 깜짝 놀랐다. 하지만 재욱이 말에 나보다 더 놀란 사람은 따로 있었다. 아니, 놀랐다기보다는 거의 충격받은 얼굴에 가까웠다. 바로 일교였다.

27
서일교

　그동안 내가 알고 있던 이재욱은 어디로 간 걸까? 그 자식은 애들이 '제육볶음'이라고 놀리고 함부로 대하던 그 이재욱이 아니었다.

　솔직히 경찰까지 출동해서 혼쭐이 난 마당에 시위를 계속하자고 할 줄은 정말 몰랐다. 게다가 여럿이 있어도 겁이 났는데, 이제부터는 한 명씩 서 있자고 하다니. 재욱이 몸에 두툼하게 붙어 있는 살이 전부 용기로 보일 정도였다.

　그렇지만 재욱이가 먼저 그렇게 하자는데, 이 천하의 서일교가 무섭다고 피할 수는 없는 노릇이었다. 나는 어쩔 수 없이 "좋아. 그럼 나부터 시작하지." 하고 말해 버렸다. 그 말을 뱉자마자 속으로 얼마나 후회했는지 모른다. 하지만 친구들이 손뼉을 치며 "역시 서일교!" 하고 추켜세우는 통에 표정 관리하느라 진땀이 났다.

이놈의 허세. 내가 이것 때문에 피 볼 날이 언젠가는 올 줄 알았지만, 그게 오늘일 줄은 몰랐다.

나는 피켓을 번쩍 들고 다시 ○○아트홀 앞으로 갔다. 멀찍이서 친구들이 손하트를 만들어 보이며 응원을 보냈다. 하지만 오늘의 영광은 딱 거기까지였다.

잠시 뒤, 어깨가 떡 벌어지고 우락부락하게 생긴 남자들 서너 명이 나타났다. 뚜벅뚜벅, 영화 속 한 장면처럼 나를 향해 걸어오는 모습을 보면서도 설마, 설마 했는데 진짜였다. 내 코앞까지 다가온 남자들이 구둣발로 땅을 퍽 내리쳤다. 그리고 한 명이 내게 말했다. 눈 밑에 길게 남은 흉터가 화려한 과거를 상상하게 만드는 남자였다.

"너 지금 여기서 뭐 하냐?"

나는 침을 한번 꿀꺽 삼키고 간신히 대답했다.

"이, 일인 시위 하는데요."

흉터는 침을 길게 퉤 뱉고는 나를 노려보았다. 언젠가 복학생 누나가 불러 모았던 형들과는 차원이 다르다는 걸 한눈에 알 수 있었다.

"좋은 말 할 때 꺼져라. 일 복잡하게 만들지 말고."

등골이 오싹했다. 하지만 천하의 서일교가 여기서 네, 하고 돌아설 수는 없었다.

"싫은데요."

내 대답이 흉터의 기분을 몹시 상하게 한 듯했다. 짐작은 했지만, 막상 흉터가 콧김을 뿜기 시작하자 등에서 식은땀이 났다. 갑자기 흉터가 번개 같은 손놀림으로 내 멱살을 와락 잡았다. 그러고는 정신을 차릴 새도 없이 그대로 나를 질질 끌고 갔다.

"어, 어!"

옆에 있는 다른 남자가 내 손에 들려 있던 피켓을 빼앗아 그 자리에서 발로 짓이겨 버렸다. 나는 속수무책으로 끌려갈 수밖에 없었다. 저 멀리서 친구들이 발을 동동 구르는 모습이 희미하게 보였다.

'얘들아, 그러고 있지 말고 당장 경찰에 신고해! 아까 그 아저씨들! 빨리 다시 오라고 해!'

나는 큰 소리로 외치고 싶었지만, 멱살을 잡힌 터라 한마디도 할 수 없었다. 남자들은 나를 끌고 옆 건물 지하 주차장으로 들어갔다. CCTV가 없는 곳을 미리 봐 두었는지 나를 구석진 곳에 패대기치자마자 거침없이 주먹을 날리기 시작했다. 숱한 폭력에 단련된 나였지만, 악 소리가 절로 날 정도로 아팠다.

얼마나 맞았을까. 정신이 혼미해지기 직전, 구세주 같은 소리가 들렸다.

"짭새 떴다!"

입구에서 망을 보던 남자가 소리치자, 그들은 나를 내버려 두고 잽싸게 비상구 쪽으로 빠져나갔다. 흉터가 달아나면서 말했다.

"한 번만 더 피켓 들고 거기 서 있으면, 죽여 버린다!"

잠시 후에 경찰들과 친구들이 허둥지둥 주차장 입구로 들어섰다. 아까 왔던 경찰들은 아니었다.

"빨리 구급차 불러!"

예슬이가 외쳤다.

"아, 그 정도는 아니야."

내가 오만상을 찌푸리며 대답하자, 경찰이 다가와 물었다.

"학생 때린 놈들 어디로 갔어?"

내가 비상구를 가리키자, 경찰은 무전기에 대고 뭐라 뭐라 하면서 비상구 쪽으로 갔다. 예슬이가 경찰의 뒷모습을 흘겨보면서 말했다.

"아까는 빨리도 출동하더니 이번엔 왜 그렇게 굼뜬지! 어휴, 정말 속 터져 죽는 줄 알았네."

재욱이가 내 얼굴을 물끄러미 보았다. 표정이 참 복잡 미묘해 보였다.

내가 툭 던지듯 물었다.

"속이 시원하냐?"

"뭐?"

"내가 너 때렸었잖아. 너 속으로 쌤통이다, 그러고 있지?"

"솔직히 쌤통이다, 하고 싶은데."

"그런데, 뭐?"

"그런 마음이 안 드네, 이상하게."

나는 그만 할 말을 잃었다. 흉터한테 맞아서 쓰라리던 가슴팍의 통증이 왠지 조금은 가시는 느낌이었다.

경찰이 말했다.

"학생, 지구대에 동행해서 조사에 협조 좀 해 줄 수 있겠어?"

예슬이가 대뜸 소리쳤다.

"아니, 이렇게 다쳤는데 병원 먼저 보내 줘야 하는 거 아니에요?"

경찰은 조사를 신속하게 끝내 주겠다고 했다. 예슬이와 재욱이도 따라서 경찰차에 탔다.

경찰 말대로 조사는 너무 싱겁게 끝났다. 우리는 왜 거기에서 일인 시위를 했는지 자초지종을 설명하려 했다. 하지만 경찰은 설명을 다 들어 보기도 전에 말을 잘랐다.

"여기선 폭력 건에 관해서만 이야기해."

답답해 환장할 노릇이었다. 그렇게 성의 없는 조사를 끝내고는 보호자에게 인도해야 하니 연락처를 대라고 했다.

"제가 잘못해서 온 것도 아닌데 그냥 보내 주시면 안 돼요?"

"그 꼴을 하고 어떻게 혼자 가? 얼른 번호 불러."

내가 버티고 있는 동안 친구들은 한 명씩 연락을 받고 달려온 가족 손에 이끌려 집으로 돌아갔다. 하지만 나는 절대 집에는 전화하지 않을 작정이었다. 긴 의자에 웅크리고 누워 있다가 나도 모르게 깜빡 잠이 들고 말았다.

누가 어깨를 두드리는 바람에 눈을 떴다. 어찌 된 영문인지 아버지가 핏발 선 눈으로 내려다보고 있었다. 나는 벌떡 일어섰다. 순간 이런 생각이 머릿속을 스치고 지나갔다. 이대로 확 아버지를 신고해 버릴까? 사실 우리 아버지도 엄마랑 저를 이렇게 때린답니다!

하지만 그러지 못했다. 나는 아버지를 밀치고 파출소를 나왔다.

"그러고 어딜 가! 병원 가야지."

아버지가 소리쳤다. 기가 찰 노릇이었다.

"병원이요? 엄마는 아버지한테 이보다 더 심하게 맞았어요. 지금까지 한 번이라도 엄마 데리고 병원 간 적 있어요?"

아버지 얼굴이 일그러졌다. 나는 휘적휘적 걷기 시작했다.

"시위? 시위를 했다고?"

등 뒤에서 아버지의 힘없는 목소리가 들렸다.

"그딴 걸 뭐하러 했냐. 얻어터지기나 하고. 아무 소용도 없는 걸."

나는 그 자리에 우뚝 멈춰 섰다.

직장에서 해고당한 뒤, 아버지는 한동안 투쟁이라고 크게 쓰여 있는 조끼를 입고 아침마다 공장 앞으로 나갔다. 며칠씩 집에 안 들어오기도 했다. 공장 앞에 천막을 치고 농성을 한다고 했다. 한 달, 두 달…. 시간이 지날수록 아버지 얼굴은 점점 야위어 가고 눈빛은 날카로워졌다. 엄마는 이제 그만 포기하고 다른 직장을 구해 보자고 했지만, 아버지는 배신자가 될 순 없다고 단호하게 말했다.

계절이 몇 번 바뀌고 나서야 아버지는 투쟁 조끼를 벗었다. 새로운 직장을 구해 보려고 발버둥을 쳤지만 이미 블랙리스트에 올라 소용없다고 했다. 그 무렵부터 아버지는 술을 입에 댔다. 처음에는 신세 한탄을 하며 사장 놈과 먼저 배신한 동료들을 욕하는 정도였다가, 차츰 물건을 부수기 시작했다. 마트 일에 지쳐 들어온 엄마가 잔소리라도 한마디 할라치면 어김없이 주먹을 휘둘렀다. 그리고 말리는 나에게까지.

"네 아버지는 화가 쌓여서 저러는 거야. 억울하고 분한 게 너무 많아서."

엄마는 그렇게 맞으면서도 아버지를 이해해 줘야 한다고 했다. 하지만 나는 도저히 그럴 수 없었다. 이유도 없이 아버지에게 얻어터지는 엄마와 나는? 억울하고 분한 마음을 어디에서 풀지?

재욱이처럼 만만해 보이는 애를 때리는 건 결코 해결 방법이 될 수 없다. 내가 깨달은 사실을 아버지도 이젠 깨달아야 한다.

28
염하은

이제 할 만큼 했다는 생각이 들었다. 일교는 깡패들한테 기절하기 직전까지 두들겨 맞았고, 재욱이는 자기가 시위를 계속하자고 해서 일교가 맞았다며 괴로워했다. 더는 친구들을 힘들게 할 수 없었다. 이제 내가 포기해야 할 차례였다.

나는 일부러 유쾌한 목소리로 말했다.

"우리 떡볶이나 먹으러 가자. 한 입만 먹어도 모든 근심 걱정을 한 방에 날려 주는 마법의 떡볶이야. 왜 그런지는 먹어 보면 알지!"

전에 호야랑 같이 먹었던 매운 떡볶이 가게로 애들을 몰고 갔다. 내가 5단계는 진짜 안 된다고 극구 말렸지만, 무슨 객기가 발동했는지 다들 "5단계! 5단계!"를 외쳐 댔다. 나는 울며 겨자 먹기로 떡볶이 5단계를 4인분 주문했다.

결과는 참담했다. 눈물 콧물 땀 3종 세트를 쉬지 않고 분출하느라 모두 정신이 반쯤 나가 버렸다. 나는 이전 경험에서 얻은 노하우를 충분히 활용해 쿨피스와 단무지를 적절히 섞어 가며 먹은 덕분에 마지막 정신줄은 놓치지 않을 수 있었다.

"이런 건 찍어 둬야 해."

내가 스마트폰을 꺼내자 모두 안 된다며 아우성을 쳤다.

"화장 다 지워졌다고!"

예슬이 말에 퍼뜩 떠오르는 게 있었다.

"호야도 여기서 5단계 먹고 나서 나랑 사진 찍었거든. 와, 진짜 너희 몰골은 댈 것도 아니야. 그때 호야 얼굴을 너희도 봤어야 해."

"야야, 사진 어딨어? 빨리 찾아봐."

"기대된다, 진짜."

"야, 밀지 말고 기다려 봐, 좀."

"찾았다!"

"어디, 어디?"

우리는 머리를 맞대고 호야 사진을 들여다보며 깔깔댔다.

"으하하, 이거 호야 맞아?"

"떡볶이 골룸으로 분장한 거 같아."

예슬이가 손가락으로 사진을 넘기다가 멈칫했다.

"이건 뭐야? 동영상도 찍어 놨어?"

"아니. 사진만 찍었는데?"

예슬이가 재생 버튼을 눌렀다. 화면이 어지럽게 움직였다. 환한 바닥을 비추는가 싶더니 곧이어 캄캄해졌다. 소리는 아무것도 들리지 않았다.

"내 폰, 맛이 가서 그래. 툭하면 카메라 어플이 저 혼자 켜져서 배터리 다 닳아 있어, 짜증 나게."

나는 삭제 버튼을 누르려고 했다.

"잠깐!"

재욱이가 잽싸게 스마트폰을 가져가더니 귀에 가까이 가져다 댔다.

"무슨 말소리 같은 게 들려."

그런데 재욱이의 단춧구멍 같은 눈이 점점 커졌다.

"뭐야, 왜 그래?"

재욱이 입이 천천히 벌어지더니, 신음처럼 한마디가 흘러나왔다.

"…대박!"

우리는 영문을 몰라 불안한 얼굴로 서로를 마주 보았다. 그때 확신에 찬 재욱이의 목소리가 마치 축포처럼 터져 나왔다.

"증거야! 증거라고!"

29
이재욱

동우에게.

"조민정 쌤 오셨대!"

누가 복도에서 큰 소리로 외쳤어. 나와 친구들은 눈이 마주치자마자 누가 먼저랄 것도 없이 교무실 앞으로 달려갔어. 창문에 다닥다닥 붙어 안을 들여다보니, 정말 조민정 쌤이 환하게 웃으며 다른 쌤들이랑 이야기하고 있는 모습이 보였어.

"아유, 조 선생님. 그동안 맘고생 많았지요? 그래도 사실이 다 밝혀졌으니 정말 다행이에요."

"학교 홈페이지에 올라온 글, 2반 아이들이 쓴 거라면서요? 그 글이 결정적으로 교장 선생님 마음을 움직였다고 하던데요?"

"저도 읽어 보고 감동했어요."

조민정 쌤이 쑥스러운 듯 볼을 붉히며 말했어.

"같이 지낸 지 얼마 되지도 않았는데 아이들이 저를 믿어 줘서 정말 고마웠어요."

우리는 마주 보며 씩 웃었어. 우리가 쓴 글이 조민정 쌤에게 도움이 됐다니 뿌듯함이 차올랐어.

잠시 뒤, 조민정 쌤이 밝게 웃으며 교실로 들어왔어.

"그동안 잘 지냈어? 다시 만나서 정말 반가워!"

조민정 쌤은 처음 온 그날처럼 한 명 한 명과 눈을 맞추며 우리 이름을 불렀어.

"오늘은 일교가 바르게 앉아 있네? 이마에 도장도 안 찍혀 있고."

"아, 왜 그러세요, 쌤."

"왜 그러긴? 반가워서 그러지, 하하."

계속 출석을 부르던 쌤은 호야 차례에 이르러 표정이 어두워졌어.

"호연이는 아직도 학교에 안 나오는구나. 오늘 또 가정 방문가 봐야겠다."

가정 방문 때문에 그렇게 당하고도 또! 아무튼 정말 대단한 분이지? 오늘 호야를 찾아갈 때는, 거짓말로 생사람을 모함하는 '목격자'가 따라가지 못하게 우리가 조민정 쌤을 모시고 갈 거야.

"자, 이제 오늘의 지각자들 앞에 나와서 아이 콘택트 할 시간!"

아, 이건 아니잖아요! 오랜만에 만나서까지 저한테 꼭 이러셔야겠어요, 쌤?

나는 한숨을 푹 내쉬며 교실 앞으로 걸어 나갔어. 나와 일 분 동안 '아이 콘택트' 벌칙을 받을 지각 동지는, 하필이면 또 일교였어. 도대체 나한테 네잎클로버가 남아 있긴 한 건지.

일교와 마주 보고 섰어.

나는 숨을 크게 한 번 들이마시고 어깨를 쭉 폈어. 그리고 일교의 눈을 가만히 들여다보았어. 하은이, 예슬이와 함께 뻔질나게 어울려 다니고는 있지만, 일교와 눈이 마주치는 순간에는 나도 모르게 움찔하며 피하고 싶은 마음부터 드는 건 어쩔 수 없었어. 그런데 웬일인지 일교도 내 눈을 똑바로 보지 못하는 듯했어. 입술을 달싹거리며 머뭇거리다가 몹시 쑥스러워하면서 이렇게 말하는 게 아니겠어.

"…미안하다, 이재욱. 너 때렸던 거, 내가 진짜 잘못했다."

눈을 보면 그 사람의 마음이 보인다고 조민정 쌤이 그랬었지. 슬쩍 고개를 들어 바라본 일교의 눈에는 진심이 가득 담겨 있었어.

나는 일교를 보고 씩 웃었어. 일교도 따라서 씩 웃더라.

"내가 없는 동안 둘 사이가 좀 달라진 것 같은 느낌인데?"

조민정 쌤이 웃으며 교실을 나가자마자, 하은이와 예슬이가 다가왔어.

"어떻게 됐어?"

일교가 다급히 묻자 하은이가 웃으며 대답했어.

"기획사에서 공식적으로 실수 인정하고 사과문 올렸어. 전다빈은 블루레몬에서 하차하기로 했고."

"거기다 〈외로운 하루의 끝〉 가사에 대해서는, 회사가 염하은 작사가님이랑 정식으로 저작권 계약을 맺기로 했다는 거!"

예슬이 말에 일교와 나는 "와우!" 하고 외치며 하이 파이브를 했어.

"그때 재욱이가 안 말렸으면 어쩔 뻔했어. 그 중요한 증거 자료를 삭제할 뻔했잖아!"

"그러니까. 근데 어쩜 그 순간 딱! 동영상 녹화 버튼이 눌렸을까? 다시 생각해 봐도 참 신기한 일이야."

"오래돼서 고장 난 폰이 이렇게 날 도울 줄이야."

하은이가 가슴을 쓸어내리는 시늉을 했어.

떡볶이를 먹다 우연히 발견한 동영상에는 전다빈이 하은이에게 과제를 빌리던 당시의 상황이 그대로 녹음되어 있었어. 스마트폰이 하은이 주머니에 들어 있어서 컴컴한 화면뿐이었지만 목소리만큼은 똑똑히 들렸지. 아무리 뻔뻔스러운 사람이라도 사실을 인정할 수밖에 없을 정도로 확실한 증거였어.

"전다빈의 유학 시절 학폭 논란도 하차 결정에 한몫했다며?"

"너희가 시위하는 사진이 SNS에서 유명해져서 그걸 보고 학폭 피해자가 용기를 내서 나섰다잖아. 다 너희들 덕분이야."

우리를 바라보는 하은이 눈가가 어느새 촉촉해져 있었어. 일교가 분위기를 띄우려는 듯 손뼉을 치며 목소리를 높였어.

"이 분위기를 이어서, 수업 끝나고 다들 같이 가는 거지?"

"어딜 말이야?"

예슬이가 묻자 일교가 이거 왜 이러느냐는 듯 눈을 흘겼어.

"어디긴 어디야. 조민정 쌤이랑 같이 호야 찾으러 가야지!"

동우야, 오늘 메일을 마지막으로 너에게 작별 인사를 하려고 해. 이젠 내가 너랑 다른 사람처럼 느껴지지 않거든.

그동안 고마웠다. 안녕.

30
서일교

"너 요즘도 시원지 뭔지, 쓸데없는 짓 하고 다니냐?"

웬일로 술기운 없이 일찍 들어온 날, 저녁 밥상에서 아버지가 대뜸 물었다.

"이제 안 해요."

내 대답에 아버지가 피식, 쓴웃음을 지었다.

"그럼, 그래야지. 그까짓 것 해서 뭐가 달라진다고."

나는 젓가락질을 멈추고 아버지를 쏘아보았다.

"이제 할 필요가 없어져서 안 하는 거예요. 잘못한 놈은 벌 받게 했고, 다 잘 해결됐다고요."

아버지의 눈이 커졌다.

"정말이냐?"

"…왜요? 세상엔 바꿀 수 없는 일만 있는 줄 알았어요? 아니에요! 계속 노력하면 하늘도 도와준다고요!"

나는 눈을 내리깔고 밥을 퍼먹었다. 아버지랑 길게 얘기하고 싶지 않았다. 아버지가 달가닥 숟가락을 내려놓더니 나지막이 중얼거렸다.

"…그래, 잘됐구나."

아버지는 밥도 먹지 않고 무슨 생각에 한참 빠져 있는 눈치였다. 그러거나 말거나 나는 남은 밥을 우걱우걱 입에 넣었다.

식탁에서 일어나는 내게 아버지가 문득 말했다.

"잘했다."

"…네?"

"잘못한 놈 벌 받게 했다면서. 아주 잘했다고."

진짜 벌 받게 하고 싶은 사람은 아버지걸랑요. 속으로만 구시렁대며 방으로 들어와 버렸다.

그런데 그날부터 아버지가 달라졌다. 집에 쌓여 있던 술병을 내다 버리고 내친김에 술잔까지 모조리 치웠다.

"네 아버지 알코올 중독 치료받기 시작했어. 그동안 그렇게 병원 가자고 해도 싫다더니만 무슨 바람이 불었는지 모르겠다."

엄마는 싱글벙글했다. 그렇지만 저러다 아버지가 언제 또 돌변할지 몰라서 나는 여전히 불안했다.

저녁 먹고 나서 게임에 접속하자마자 재욱이한테서 메시지가 왔다.

> 내일부터 시험인데, 공부는 안 하고 게임하려고? 그 성적 으로 어디 고등학교나 가겠냐?

지가 우리 엄마라도 되는 줄 착각하는 모양이다. 재욱이의 잔 소리가 갈수록 도를 넘는다. 나는 바로 답을 보냈다.

> 너나 잘하세요. 이번엔 내가 너보다 잘 볼 거니까.

그러자 활짝 웃는 얼굴과 함께 가운뎃손가락 모양 이모티콘 이 도착했다. 피식 웃음이 나왔다. 몇 달 전만 해도 재욱이랑 이 런 메시지를 주고받는 건 상상조차 못 했는데.

재욱이가 그랬다. 살아 있는 한, 우리에게는 바꿀 수 있는 기 회가 남아 있는 거라고.

아버지와 나도 언젠가는 바뀔 수 있을까. 아니, 바뀔 수 있을 거다. 재욱이와 나처럼 그리고 호야와 우리처럼.

31
김강민

　세상은 원래 불공평하다. 그 사실을 모르지는 않았다. 위선자들이 규칙이니 사회 정의니 하며 가식적으로 굴 때, 숨겨진 진실을 드러내기 위해 나섰던 이들은 끝내 핍박받고 쫓겨나는 경우가 허다했다. 바로 나처럼.

　선도 위원회에서 나에게 내려진 결정은 '강제 전학'이었다. 앞으로 문제를 일으킬 게 뻔한 임시 담임을 아이들과 최대한 빨리 격리하려고 노력한 게 선도 위원회에서 최고 수준의 징계를 받을 정도로 잘못한 일인가?

　반면 아이들과 통화한 내용을 마음대로 녹음하고 저장까지 해 둔 한호연은? 아무런 벌도 받지 않았다. 오히려 다들 한호연을 걱정하고 동정하기만 한다.

결국 나만 또 당하고 말았다.

낯선 학교로 가는 것은 두렵지 않다. 그저 화가 날 뿐이다. 다름 아닌 나 자신에게. 끝까지 잡아뗐어야 했는데, 선도 위원들에게 일말의 기대를 걸고 내 생각을 설득해 보려 한 게 잘못이었다. 그동안 그렇게 당하고도, 아직도 멀었다는 깨달음이 나를 절망하게 했다.

전학 간 첫날이었다. 수업을 마치고 나오자 비가 내리고 있었다. 우산을 챙겨 가지 않아 내리는 비를 고스란히 맞고 가는데 교문 앞에서 누가 나를 불렀다.

"강민아!"

조민정 선생님이었다. 선생님이 내게 우산을 내밀며 환하게 웃었다.

"우산 안 가져왔구나. 역시 하나 더 챙겨 오길 잘했네."

나는 경계하는 기색을 숨기지 않고 물었다.

"여긴 웬일이세요?"

"전학 갔단 얘기 듣고 너 보러 왔지. 첫날이라 낯설 텐데 걱정도 되고 해서."

내 머릿속은 바쁘게 움직였다. 거짓 투서로 자신을 곤경에 빠뜨린 게 나라는 사실을 모를 리 없을 텐데, 내가 걱정돼서 여기까지 찾아왔다고? 대체 무슨 수작이지?

나는 우산을 돌려주며 차갑게 말했다.

"전 괜찮아요. 다시 가져가세요."

"사실은 너한테 하고 싶은 말이 있어서 왔어."

이제야 진실을 말하려는 건가. 나는 어디 한번 들어 보자는 심정으로 팔짱을 꼈다.

"있잖아, 인생은 마라톤 같은 거라고 흔히들 그러잖아? 달리다가 누구나 실수로 넘어지거나 잘못된 길로 들어설 수 있어. 그럴 때는 잠깐 멈추고 주위를 한번 돌아보는 거야. 내 목표 지점은 어디인지, 내가 맞게 가고 있는지 확인하고 나서 다시 뛰면 되는 거야. 남들하고 비교할 필요는 없어. 수없이 많은 사람이 함께 뛰고 있지만 우리는 모두 각자의 레이스를 하는 거니까. 조금 돌아가고 조금 늦게 가면 어때? 중요한 건 오늘도 나의 트랙을 즐겁게 뛰는 일이잖아."

조민정 선생님은 나를 보며 살짝 미소 지었다.

"이거, 실은 나 자신한테 하는 말이다? 그동안 몇 년을 임용고사 준비하면서도 내가 왜 교사가 되고 싶은지, 어떤 교사가 되려고 하는지는 생각해 보지 않았어. 그냥 하루빨리 시험에 합격하고 싶다는 생각만 했지."

나는 어떻게 반응해야 할지 몰라 잠자코 있었다. 조민정 선생님은 잠시 머뭇거리다가 말을 이었다.

"어떤 오해가 있어서 강민이 네가 그런 행동을 했는지는 아직도 잘 모르겠어. 하지만 어쨌든 네 덕분에 이제는 확실히 알게 됐지. 나는 아이들의 마음을 이해하는 선생님이 되고 싶어. 아니, 아이들을 이해하려고 열심히 노력하는 선생님이 될 거야."

조민정 선생님은 우산을 펼쳐 내 손에 들려 주며 말했다.

"고마워, 강민아. 너한테 그 말을 꼭 하고 싶었어."

그러고는 손을 흔들며 돌아섰다.

나는 조민정 선생님이 주고 간 우산을 쓴 채, 한참을 더 빗속에 우두커니 서 있었다. 빗방울이 우산을 때리는 소리가 똑똑똑 똑, 쉬지 않고 내 마음을 두드렸다.

에필로그

엄마, 낮부터 시작된 눈이 밤이 깊도록 그칠 줄 모르고 내려요. 엄마는 창밖으로 눈 내리는 풍경을 참 좋아했지요.

엄마, 미안해요. 사실은 나, 엄마 목소리가 기억이 안 나요. 전에는 마음이 힘들 때마다 엄마 사진을 보면 엄마가 내게 힘내라고 다정하게 말해 주는 목소리가 들렸는데, 언제부터인지 엄마 목소리가 점점 희미해졌어요. 엄마가 살아 계실 때 미처 목소리를 남겨 놓지 못한 어린 나를 원망하고 후회했지요.

그 뒤로 소중한 사람이랑 통화할 때는 녹음하는 게 습관처럼 되어 버렸어요. 친구들 몰래 녹음하는 게 잘못인 줄은 알았지만, 그 일이 그렇게 큰 오해를 불러일으킬 줄은 상상도 하지 못했어요. 강민이가 생일 선물이라며 보내온 녹음 파일에는 친구들이 화를 내며 나를 욕하는 소리가 잔뜩 담겨 있었어요.

나는 친구들이 기댈 수 있는 사람이 되어 주고 싶었어요. 엄마가 나한테 해 준 것처럼요. 하지만 실은 내가 친구들에게 기대고 있었다는 사실을, 그 녹음 파일을 들으며 아프게 깨달았어요. 친구들이 내게 등을 돌린 순간에 나는 완전히 무너져 버리고 말았거든요.

엄마, 나는 사랑을 전하고 행복을 만드는 사람이 되고 싶었어요. 엄마 없는 세상은 내게 너무나 팍팍해서 그러지 않으면 견뎌 낼 수 없었으니까요. 내가 나눈 사랑이 나를 향한 욕설과 저주로 돌아왔을 때, 나는 그만 버틸 힘을 잃고 말았어요.

하지만 엄마. 친구들이 다시 나를 찾아왔을 때, 전에는 없던 따스한 끈이 그 애들을 단단히 묶어 주고 있는 걸 느낄 수 있었어요. 친구들은 내게 말해 주었어요.

"모두 네가 한 거야, 호야. 네가 아니었다면 우린 절대 조민정 쌤이 돌아오게 하지도 못했을 거고, 하은이를 도울 수도 없었을 거야. 무엇보다 네가 없었다면 우린 결코 친구가 되지 못했을 거야."

하얀 눈이 펑펑 내려요. 온 세상이 따스한 엄마 품속 같아요.
사랑해요, 엄마.

작가의 말

　다른 누군가를 짓밟아서라도 앞으로는 절대 당하고 살지 않겠노라 결심한 심예슬, 무대 위에서 빛나지 않아도 나를 좋아해 주는 사람이 있을까 불안한 염하은, 괴물과 싸우는 동안 자신도 점점 괴물이 되어가는 것을 나중에서야 깨달은 서일교, 친절은 사악한 의도를 숨기기 위한 가면일 뿐이라고 믿는 김강민, 나만의 네잎클로버를 찾고 싶은 이재욱.

　개발의 소용돌이가 비껴간 수도권 변두리의 한 중학교에서 저마다의 비밀을 지닌 다섯 청소년을 만났습니다. 처음 교실에 들어선 순간, 낯선 교사를 경계하던 눈빛이 지금도 생생하네요. 발톱을 숨긴 길고양이처럼 잔뜩 웅크린 아이들의 시선은 멋모르고 돋아난 꽃망울을 가차 없이 때리던 3월 초의 날 선 바람만큼이나 시렸습니다. 수행 평가로 쓰게 한 아이들의 자서전을 읽으며 열다섯 해밖에 안 된 생이 뭐 이리도 파란만장한가 먹먹했던 기억이 납니다. 세상에 태어나자마자 버려진 아이들, 어른들의 탓으로 마땅히 받고 누려야 할 보호와 사랑을 송두리째 빼앗긴 아이들의 내면에는 세상에 대한 신뢰와 타인의 선의를 받아들일 여유가 자리 잡을 수 없었을 테지요.

　아이들이 저희끼리도 단단한 관계를 맺지 못한 건 어찌 보면 당연한 결과였습니다. 그래도 당장의 필요에 따라 쉽게 뭉쳤다가는 곧 찢어지고 마는, 얄팍하기 그지없는 그네들의 우정은 안타깝기만 했습니다. 어른들에게 받지 못한 사랑을 서로 주고받으며 팍팍한 삶을 아름답고 따스하게 꽃피우기를 감히 바랐습니다. 할 수만 있다면 불쏘시개가 되어 그들의 마음에 따듯한 사랑의 불을 지피고 싶었습니다. 사실 이 소설에 등장하는 호야는 제가 되고 싶었지만 끝내 되지 못한 모습인지도 모르겠습니다.

거친 말과 행동에 상처받을 때마다 아이들 각자의 사정과 내면을 조금이라도 더 이해하고 싶어 글을 쓰기 시작했습니다. 그래서 이 소설은 등장인물들이 한 명씩 각 장의 주인공이 되어 일인칭으로 자신의 이야기를 들려주는 형식을 갖게 되었습니다. 하지만 결과적으로 아이들에게 가닿지는 못한 채, 그저 '자가심리치유'를 위한 글에 머물고 만 것 같습니다.

이 소설의 등장인물이 되어 준 학생들과 더불어 울고 웃었던 선생님들은 제게 더없이 큰 가르침을 주신 스승입니다. 내내 미안하고 고마운 마음 잊지 않겠습니다.

2023년 봄을 기다리며
이 진 미

열다섯, 비밀의 온도

초판 1쇄 발행 2023년 4월 17일 | **4쇄 발행** 2024년 5월 17일

글쓴이 이진미 | **펴낸이** 황정임
총괄본부장 김영숙 | **편집** 김로미 이루오 | **디자인** 이선영
마케팅 이수빈 윤인혜 | **경영지원** 손향숙 | **제작** 이재민

펴낸곳 초록서재(도서출판 노란돼지) | **주소** (10880) 경기도 파주시 교하로875번길 31-14 1층
전화 (031)942-5379 | **팩스** (031)942-5378
홈페이지 yellowpig.co.kr | **인스타그램** @greenlibrary_pub
등록번호 제406-2015-000137호 | **등록일자** 2015년 11월 5일

초록서재는 여린 잎이 자라 짙은 나무가 되듯,
마음과 생각이 깊어지는 책을 펴냅니다.